김혜빈 김사사 공현진 하가람 신보라

하지의 우능한 탐정들

사계절

차례

김혜빈	솔리터리 크리처	7
에세이	이리저리 엉망진창 짠짜라짜잔	163

김사사	정원사	41
에세이	24시간 점포	169

공현진	권능	69
에세이	달라지지 않을	175

하가람	하지의 무능한 탐정들	103
에세이	거리에서 온더록스	181

신보라	이주	131
에세이	'도'와 '든'으로 살기	187

솔리터리 크리처

김혜빈

1

내가 그 고옥을 다시 찾은 건 삼 년 만이다. 한때 낚시꾼들의 쉼터였던 낡은 주택은 몇 해 사이 숲속 유랑자를 위한 안식처로 변해 있었다.

삼 년 전 명우와 나는 처마가 무너진 그곳에서 바누아투에 놓인 측우기에 관해 이야기를 나누었다. 보름달이 지구 그림자에 뒤덮인 때라 명우의 털은 옷 아래서 얌전히 머리를 수그리고 있었다. 내가 아직까지 비슬라마어를 쓰는 바누아투에 측우기 모양의 평화 기념비를 세웠다고 정말 평화가 오겠느냐고 묻자, 명우는 뾰족한 덧니를 만지다 말고 자리에서 일어섰다.

"적어도 평화롭다는 꿈을 꿀 순 있겠지."

9   김혜빈

바누아투의 뜻은 일어서는 나라, 누구의 힘도 빌리지 않고 혼자 설 수 있다는 뜻이다. 명우는 어두운 숲을 향해 바누아투처럼 홀로 걸었다. 그는 개기월식이 끝나는 대로 포트빌라의 해변에서 휴식을 취할 예정이었다. 그 전까지 한국에서 늑대인간 동료를 찾는 것이 명우의 유일한 목표였다.

*

명우의 원래 이름은 현아. 나와 현아는 육 년 내내 같은 초등학교에 다니다가 서로 다른 중학교에 입학하며 자연스레 멀어졌다. 우리가 다시 만난 건 삼 년 전 봄으로, 한봄이라는 단어가 딱 맞는 따스한 오월이었다. 내가 열두 살 무렵 만들었던 메일 주소를 서른이 넘을 때까지 쓴 덕에 오랜만에 온 현아의 연락을 놓치지 않을 수 있었다. 현아가 쓴 메일 제목은 간결했다.

- 기억하니? 나 두두야.

두두는 내가 붙여준 별명이었다. 무엇이든 두 번씩 확인하는 현아에게 붙인 나만의 애정 어린 호칭이었지만, 반가운 마음과 달리 메일을 바로 클릭하지는 못했다. 보낸 이의 이름이 박명우이기 때문이었다. 다행히 미리보기로 확인한 내용엔 현아만이 알고 있을 우리의 어린 시절 추억과 함께, 박현아가 박명우로 개명했다는 소식이 담겨 있었다.

현아는 한국을 꽤 오랫동안 떠나 있을 예정이라 출국 전에 나를 만나고 싶어 했다. 근황을 확인하기 무섭게 들려온 이별 소식 때문인지, 나는 이십여 년 동안 보지 못했던 친구에게 섣불리 연락처를 건네고 말았다.

이후 우리가 만난 곳은 프로브 앤 드로그(Probe and Drogue)라는 이름의 조그만 카페였다. 다세대 주택을 개조해 만든 곳이었는데, 화려한 외관 때문인지 오래된 골목에서도 눈에 띄었다. 나는 문이 보이는 곳에 앉아 현아가 들어오기만을 손꼽아 기다렸다. 기억 속의 현아는 허리까지 오는 긴 머리를 한쪽으로 땋던 깡마른 소녀였다. 예쁘장한 얼굴 덕에 어디에 두어도 눈에 띄었고 단소보단 캐스터네츠를, 장구보단 실로폰을 좋아했다. 같은 반 아이들이 공기놀이를 하거나 스킬자수를 놓을 때 현아는 무릎까지 오는 단정한 원피스를 가다듬으며, 도서관에서 빌려온 휴 로프팅의 『돌리틀 선생 항해기』나 찰스 킹즐리의 『물의 아이들』을 탐독했다.

그런 현아였기에, 나는 온몸을 검은 옷으로 휘감은 덩치 큰 여자가 반대편 의자에 앉을 때까지도 그가 누구인지 단번에 알아보지 못했다.

"안녕, 오랜만이야."

현아가 어색하게 인사를 건넸다. 삭발한 머리를 가린 검은 플로피가 에어컨 바람에 휘날렸다. 나는 인사도 잊은 채 현아의 모습을 살폈다. 큰 눈과 조그만 얼굴은 어린 시절 그대로였지만 차림새가 낯설었다.

현아는 무더운 봄날에 맞지 않게 턱 바로 아래까지 오는 두꺼운 터틀넥 스웨터와 펑퍼짐한 검정 바지를 입고 있었다. 윗도리 안에는 부피감 있는 내의를 껴입었는지 유달리 덩치가 커 보였다. 거기까지야 추위를 많이 타는 체질 탓으로 어찌어찌 돌릴 수 있었지만, 손톱까지 모두 가린 가죽 장갑만큼은 이해하기 어려웠다. 시선을 느낀 건지 현아가 두 손을 움츠렸다.

"좀 이상하지?"

"아니, 그렇지 않아. 그냥 좀."

많이 더워 보여…… 나는 뒷말을 삼켰다. 현아가 내내 끼고 있던 장갑을 벗었다. 장갑 아래로 드러난 맨살엔 검은 털이 빼곡했다. 손목 위 역시 촘촘한 털로 덮여 있었다.

나는 어떻게 반응해야 할지 몰라 현아의 손등을 물끄러미 보았다. 선물로 챙긴 매니큐어 두 개와 작은 문고판 동화가 가방에 있었으나, 그것을 테이블 위에 꺼낼 생각은 하지 못했다. 현아가 털 사이를 긁었다. 그 손톱 역시 이상할 정도로 뾰족하고 길어, 나는 한참 말을 골라야 했다.

"많이 변했구나."

"일이 좀 있었어."

현아는 멋쩍게 웃었다. 혹시 내가 알지 못하는 병에 걸린 걸까? 나는 현아의 수북한 털과 이상할 정도로 뾰족한 덧니, 짐승같이 날카로운 손톱에 관한 이야기는 최대한 피했다.

우리는 오랜만에 만난 친구들이 그렇듯 미처 이야기하지 못한 근황을 나누기보다 오늘 날씨가 유독 무덥다고 한탄하거나(현아는 땀을 비 오듯 흘렸다) 잘 꾸며진 카페 안을 보며 사장의 미적 감각을 칭찬했다. 현아가 내게 질문다운 질문을 던진 건 어렵사리 이어가던 대화가 막 끊길 즈음이었다.

　"요새 뭐 하면서 살아? 회사 다녀?"

　"응, 모형 제작소에서 일하고 있어."

　미니어처부터 때로는 대형 조형물까지, 축제와 문화가 있는 곳에선 언제나 포토존을 필요로 했기에 일감은 그럭저럭 끊이지 않는 편이었다. 현아는 내 이야기를 듣고 놀란 것도 잠시, 그리운 기색을 내비쳤다.

　"난 네가 그쪽으로 나갈 줄 알았어."

　현아가 말하는 그쪽이란 실을 엮고 색을 칠하는 일이었다. 현아는 이십여 년의 세월이 단숨에 좁혀지기라도 한 듯 의자를 바짝 당겨 앉았다.

　"최근에 만든 작품 있으면 좀 보여줄래?"

　나는 거래처에 보내느라 찍어둔 사진 몇 개를 찾아 현아에게 내밀었다. 폴리머클레이로 만든 강아지가 자기 키만 한 조리대 앞에서 팬케이크를 부치고 있는 작은 모형이었다. 이런 유의 작업물을 보면 대부분 귀엽다는 반응이었지만 현아는 달랐다. 그가 흥미를 드러낸 건 요리하는 강아지가 아닌, 과학관에 전시하기 위해 만든 실사에 가까운 쥐 무리였다. 현아는 이 쥐들을 어떻게 만든 거냐고 물었다.

김혜빈

"일단 뼈대부터 세워야지."

최대한 실제 쥐와 가깝게 만들기 위해 철사 위에 점토를 붙이고 색을 입힌다. 회색빛의 짧은 털을 뿌려 질감 표현도 해야 했다. 죽은 동물을 박제하는 것보다 훨씬 싼 데다가, 박제품을 기피하는 곳이 늘어나는 추세라 동물모형 제작 일거리는 자주 들어오는 업무 중 하나였다.

현아는 쥐 무리 사진을 한참 들여다보더니, 5학년 때 체험학습으로 동물원에 갔던 것을 기억하냐고 물었다. 좀처럼 그때를 떠올리지 못하는 나를 대신해 현아가 당시 상황을 설명했다.

"그날은 모든 게 때가 맞지 않아서 화장실에 가려고 하면 선생님이 호출을 하고, 맛있는 간식이 코앞에서 동나곤 했어."

당시 나와 현아는 멸종위기종으로 지정된 동물들의 특성을 기록하느라 두 다리가 퉁퉁 부어 있었다. 반 아이들은 에어컨을 찾아 실내로 도망쳤지만, 우리는 끝까지 남아 더위에 지친 동물들에게 동정의 눈빛을 보냈다. 창살 틈으로 호랑이를 지켜보는데 교복 입은 남학생들이 우리 곁을 지나갔다. 그들은 충치로 인해 앞니를 모두 잃은 호랑이를 두고 잇몸으로 즐기는 오럴 섹스에 대해 떠들었다.

나는 그 같은 일이 조금도 떠오르지 않았지만, 현아는 투명한 아크릴 박스에 전시된 호랑이 이빨과 중학생들이 나눈 오럴 농담을 인상 깊게 기억하고 있었다. 두 가지 일을 하나의 고통으로, 마치 하나의 일처럼.

현아가 큰 눈을 내리떴다. 빛 때문인지 현아의 눈동자가 이상할 정도로 노랗게 보였다.

"작년에 어떤 일을 겪은 뒤로 난 완전히 다른 사람이 됐어. 머리 스타일은 물론 입는 옷도 달라졌지. 이전과는 무엇하나 비슷한 게 없는데 아무도 그걸 인정해주지 않아. 그래서 이름을 바꾼 거야. 세포주기부터 다른 사람이 됐다는 걸 알리려고. 그런데 너도 아직 날 현아라고 부르네."

나는 미안, 하고 사과했다. 현아는 딱히 화가 난 건 아니라고 했다. 나는 의식적으로 현아를 명우라고 부르려 했지만 어려웠다.

"그냥 이름을 빼고 부를까?"

"네가 편한 대로 해. 난 그냥 내가 달라졌단 사실을 알려주고 싶었을 뿐이야."

한참 뒤, 현아 아닌 명우가 자리에서 일어섰다. 내 기억 속 현아는 여전히 초록색 원피스를 입고 아동문학 전집을 들고 다녔지만, 눈앞의 명우는 아니었다. 그는 일주일 뒤에 개기월식이 끝나면 바누아투라는 나라로 떠날 예정이니, 다음 주말에 월식을 구경할 겸 당일치기로 산림욕을 하러 가자고 했다. 나는 천체관측엔 큰 관심이 없다는 말로 그의 청을 거절했다. 부쩍 낯설어진 명우와는 식사를 하는 상상조차 불편했기에, 오랜 시간을 함께하는 건 아무래도 무리라고 여겨서였다.

김혜빈

"재밌었을 텐데, 아쉽네."

대형 스티로폼 조형 작업을 하던 탁반이 쓰고 있던 마스크를 벗었다. 나는 탁반을 도와 H시 마스코트의 옆구리를 색칠하다 말고 그를 노려보았다. 채색하는 동안 할 이야기가 없어 명우와의 만남을 막 털어놓은 참이었다.

"그러면 탁반이 개랑 달이든 월식이든 보러 가요."

탁반은 내가 다니는 모형 회사의 부장으로, 회사에서 반장 일을 자처해 모두가 그를 탁 부장이 아닌 탁반이라고 불렀다. 탁반은 자기도 내 친구를 만나러 가고 싶지만, 한 가지 마음에 걸리는 게 있다고 했다.

"혹시 개 늑대인간 아니야?"

나는 농담이라도 하는 건가 싶었지만 탁반은 진지했다. 최근 남편과 이혼한 뒤, 홀로 있는 시간이 부쩍 늘어난 탁반은 괴기소설에 꽂혀 있었다. 그는 늑대인간의 기본 특성이 짐승 같은 털과 보름달에 반응하는 거라며 개기월식 때 만나자고 한 명우의 말에 큰 관심을 보였다. 탁반은 다음에 그 친구를 보게 되면 몸에 긴 흰 털 한 가닥이 나 있지는 않은지 살펴보라고 조언했다. 그 털은 늑대인간과 평범한 인간을 구분 지을 수 있는 중요한 요소라는 말과 함께.

나는 탁반의 말을 무시한 채 마스코트 채색을 계속했다.

몸에 이유 없이 나는 긴 흰 털이 늑대인간과 평범한 인간을 가르는 요소라면, 세상 사람 대부분이 늑대인간인 것이나 다름없었다. 하지만 탁반은 별것도 아닌 일을 아주 독특한 것으로 묘사하는 재주가 있어서, 나 역시 손등에 긴 흰 털이 자라나 있음에도 괜스레 그의 말을 고민하게 되었다. 예컨대 명우에게도 그 털이 있는 건 아닐지 혹은 그가 진짜 늑대인간이고 그 사실을 남한테 들키기 싫은 건 아닐지 걱정했다. 나는 손등에 난 흰 털을 힘주어 뽑았다.

"명우가 진짜 늑대인간이라고 해도 캐물을 순 없죠. 프라이버시잖아요."

탁반은 정말 들키기 싫었다면 명우가 아무도 만날 수 없는 곳에서 홀로 살았을 거라고 했다. 아니면 완벽히 사람 흉내를 내며 평범한 인간인 척 섞여 살던지. 그런데 수상한 모습으로나마 나를 만나러 온 건 명우 나름의 자기표현이지 않을까 하는 게 탁반의 주장이었다.

나는 복잡한 마음으로 1.2미터짜리 학 모양 마스코트를 올려다보았다. 거래처에서 제시한 마감 기한을 맞추기 위해서는 잔업을 해도 시간이 모자랐으나, 머릿속은 명우와 늑대인간에 대한 생각으로 가득했다. 내내 떠들던 탁반이 시계를 보더니 마스크를 쓰고 내 옆에 섰다. 그는 잔업을 할 바에야 차라리 전남편과 데이트를 하겠다는 쪽이었다. 탁반이 든 스프레이건에서 푸른색 페인트가 힘차게 분사됐다.

"늑대인간이든 뭐든, 오랜만에 본 친구면 한 번은 더 만

김혜빈

나."

"어색한 게 싫어도요?"

"그래, 싫어도."

고민하는 척했지만, 나 역시 내심 명우를 한 번 더 보고 싶긴 했다. 서른넷이 되면서 인간관계는 점점 좁아졌고, 만나자고 하는 사람 역시 하나둘 줄어들었다.

명우는 내 일상의 틀을 깰 좋은 계기였다. 탁반도 어색한 건 오히려 좋은 거라며, 어색함을 버티지 못하면 남는 인간관계는 하나도 없다고 덧붙였다. 친구 아니면 적, 연인 아니면 가족 같은 분명한 편 가르기보다 특정한 단어로 묶을 수 없는 이들이 더 많지 않겠냐면서.

지당한 말이었지만, 탁반은 십이 년 동안 함께한 남편이 어느 날 너무 어색해진 나머지 이혼한 여자였다. 두 사람은 서로가 짜증 나 하는 면을 그대로 지닌 채 늙은 까닭에 대화할 때마다 침묵하는 시간이 길어졌고, 결국 결별에 이르렀다. 후에 탁반은 적도 가족도 친구도 아닌 전남편을 완전히 끊어내기 위해 전화번호를 바꾸고, 익숙한 동네 역시 떠났다. 탁반은 그래도 누군가를 만나면 남는 게 생긴다며, 자기가 바를 정을 얼마나 잘 쓰고 있는지 보라고 했다.

바를 정正은 탁반의 전남편이 알려준 명상법이었다. 고민되는 일이 생기면 바를 정을 마음속으로 천천히 그린다. 하나의 획을 그릴 때마다 깊이 고민한다. 다섯 번을 고민했는데도 괜찮으면 그때는 무조건 한다. 탁반은 명우를 만날까 말까 고민되면 내게 바를 정을 그려보라고 조언했다.

"혹시 알아? 만나봤는데 무지 좋을지."

무지 좋다는 표현도 전남편이 애용하던 거라 했는데……
나는 모른 척 계속 학을 색칠했다. 만약 탁반이 바를 정 명상
법을 결혼 전에 알았다면 전남편과 결혼조차 하지 않았을 것
이다. 팔 년 차에 별거를 시작했을 때, 탁반은 자기가 정말 그
를 사랑하긴 했던 건지 아니면 사랑에 자기를 맞췄던 건지 혼
란스러웠다고 했으니까. 하지만 나는 평생을 약속한 이와 만
나는 것도, 사랑을 고찰 중인 것도 아니니 조금 더 가볍게 마
음먹기로 했다.

몇 시간을 매달린 끝에 우리는 그날 분의 채색 작업을 마
칠 수 있었다. 헤어지기 전, 탁반이 정류장에서 소리쳤다. 품
에는 내가 준 문고판 동화와 매니큐어 두 개가 들려 있었다.

"기억해. 외로운 사람은 모두 늑대인간이 될 수 있어!"

나는 웃으며 버스에 오르려다 말고 멈춰 섰다. 지나치는
차의 전조등에 닿아 탁반의 귀가 반짝였다. 그곳엔 미처 발견
하지 못했던 기다란 털 한 가닥이 흔들리고 있었다.

2

나는 레저를 즐기는 편은 아니지만, W산 중턱에 자리한 옥
류호에 가는 것만은 좋아했다. 낚시를 즐기는 친구들을 따라

19   김혜빈

갔다가 우연히 알게 된 호수였는데, 이름처럼 맑은 옥색은 아니어도 가슴이 탁 트일 만큼 풍광이 아름다운 곳이었다. 결국 바를 정을 다 그려보기도 전에 나는 명우에게 메일을 보냈다.

– 혹시 잉어 낚시하러 갈래?

서울보다 지대가 높은 그곳에서 개기월식을 보는 것도 나쁘지 않을 것 같았다. 하지만 명우와 다시 만나는 게 여전히 썩 내키는 일은 아니었기에, 나는 문자 대신 메일을 연락 수단으로 택했다. 그건 답장 받는 시간을 지연하려는 꼼수이기도 했지만, 초등학교 시절부터 이어진 명우(이때의 명우는 현아라고 불러야 할까?)와 나의 은밀한 소통 방식이기도 했다.

어릴 적 그는 가장 재수 없는 아이나 담임 선생님의 바뀌지 않는 머리 스타일에 관해 떠들기 위해 나와 분 단위로 메일을 주고받았다. 우리는 메일 본문에는 점 하나만을 찍고 하고 싶은 말을 제목에 몰아 썼다. 대부분의 대화는 이러했다.

– 두두야, ○○이가 너 좋아한대. 그냥 결혼해.

– 니 미래 남편 ○○이?

– 아냐, 니 남편.

– 아냐, 니 남편.

안타깝게도 삼십 초 간격으로 답장을 보내던 열두 살의 현아와 달리, 서른네 살의 명우는 세 시간째 내 메일을 확인하지 않았다.

나는 페이지 새로고침을 멈췄다. OTT에서는 신작들이 쏟아지고 온갖 유용한 앱들이 곳곳에서 광고 중인데, 이제 사용자라곤 직장인밖에 남지 않은 메일함을 주말 아침부터 들락거리고 있다니.

나는 내내 들여다보고 있던 인터넷 창을 모조리 꺼버리곤 구석에 놓아둔 개인 작업물을 끌고 왔다. 만들다 말아 삼분의 일 정도만 제작된 소녀상이었다. 단발머리 소녀는 잠자리채를 어깨에 올린 채, 어디론가 달려가는 듯 한쪽 다리를 앞으로 쭉 뻗고 있었다. 자세히 보니 그 소녀의 얼굴이 어릴 적 나와 닮은 것 같기도 했다.

나는 인형의 눈 위에 레진 용액을 부은 뒤 UV 램프로 굳혔다. 단단해진 표면 덕에 소녀의 눈이 살아 있는 것처럼 반짝였다. 점토 특유의 부드러운 감촉이 손끝에 닿았다. 아쉽게도 며칠 동안 작업한 것치곤 디테일이 좋지 않았다. 전체적인 윤곽 혹은 비율이 문제인 듯했다.

소녀의 뺨 한쪽을 검지로 누르자 저항 없이 뭉개졌다. 나는 소녀의 정수리에 엄지를 얹고 양쪽으로 갈랐다. 둥근 머리통이 껍질이 벗겨지듯 반으로 쪼개졌다. 말랑하고 무던한 신체는 조각조각 찢어진 끝에 온갖 색으로 뒤덮인 점토 덩어리에 합쳐졌다.

명우에게서 답장이 온 건 그날 저녁이었다.

- 낚시하러 가기 전에 할 말이 있는데, 잠깐 만날 수 있어?

명우가 제시한 약속 장소는 내일 새벽 5시 반, 우리가 어릴 적 자주 다니던 공중목욕탕이었다. 그는 거기에서라면 커

21

피숍에서 하지 못했던 고백을 할 수 있을 것 같다고, 사실 개기월식을 보러 가자고 권했을 때 자기도 마음이 편하지 않았는데, 숨겨온 사실을 고백한 뒤라면 마음 편히 함께 낚싯대를 드리울 수 있겠노라고 덧붙였다.

나는 명우의 고백이 너무도 궁금했기에 날이 밝는 즉시 차를 몰았다. 바가지를 가슴팍 아래 끼고 냉탕을 유영하던 때처럼, 거침없이.

*

영무 사우나는 오랜 세월 한자리에서 운영해온 24시간 목욕탕이었으나, 수질보단 미역국 반상으로 더 유명했다. 나는 그곳에서 많은 처음을 겪었다. 다른 사람의 알몸을 본 것도, 음모가 자란 걸 발견했던 것도 모두 영무 사우나에서였다. 또래들보다 성장이 빨랐던 터라 점점 몸이 자란다는 사실이 부끄러워져 어느 순간 발길을 끊었지만, 유년기의 좋은 추억을 상기할 때면 영무 사우나의 드넓은 냉탕을 가장 먼저 떠올렸다.

나는 오늘도 새벽 목욕을 나온 할머니들을 지나쳐 텅 빈 냉탕을 먼저 즐기려 했으나, 미리 도착한 명우를 찾느라 여러 온탕을 헤매야 했다. 명우는 가장 구석에 있는 68도 온탕에서 나를 기다리고 있었다. 나는 명우의 가슴에서 한동안 시선을 떼지 못했다. 명우는 부끄러운 듯했지만 앞을 가리진 않았다. 나는 무엇이든 말해야 할 것 같아 애매한 감탄을 흘렸다.

"털이 거기까지 자라 있었구나."

"일이 그렇게 됐어."

명우는 옆에 앉으라는 듯 왼쪽으로 살짝 물러앉았다. 나는 명우와 떨어진 곳에 앉아 그의 전신에 난 털을 흘끔거렸다. 손톱과 발톱, 얼굴을 제외한 명우의 온몸에는 털이 수북이 나 있었다.

"여기 들어올 때 사장님이 뭐라고 안 했어?"

"어릴 때 자주 오던 학생이라고 하니까 혀만 차시더라."

어쩌다가 어린 게 몹쓸 병에 걸려서…… 듣지 않아도 사장님이 했을 말이 짐작됐다. 나는 이어질 명우의 고백을 잠자코 기다렸다. 그가 커피숍에서 옷으로 그토록 감추려고 노력했던 게 털이라고 생각하자, 늑대인간일지도 모른다는 탁반의 추측이 무례하게 느껴졌다.

나는 명우의 증상 혹은 그가 걸린 희귀병에 대해 들을 준비가 돼 있었다. 하지만 명우는 열탕에 있느라 얼굴이 잔뜩 붉어진 뒤에도 아무런 이야기를 꺼내지 않았다. 참다못한 내가 털은 어쩌다가 그렇게 길어진 거냐고, 혹시 다모증에라도 걸린 거냐고 물으려던 찰나 명우가 입을 열었다.

"나 사실 늑대인간이야."

농담인 줄 알고 웃으려고 했던 나는 차츰 심각해졌다.

명우의 안색은 창백했다. 우리는 한동안 아무런 대화도 하지 않았다. 명우는 한국만 해도 꽤 많은 늑대인간이 퍼져 살고 있으며, 대다수가 평범한 사람들과 섞여 살기 위해 주기

김혜빈

적으로 전신 제모를 해 웬만하면 눈치채지 못했을 거라고 했다. 그 말을 듣고 보니 명우의 손톱뿐 아니라 발톱 끝도 갈고리처럼 휘어진 게 조금 이상해 보였다. 아까 본 엉덩이 위로는 꼬리 같은 뭉툭한 살덩어리가 달려 있기도 했다.

"그러면 태어날 때부터 늑대인간이었던 거야?"

그렇다면 명우는 나와 초등학교에 다니던 육 년 내내 진실을 숨겼던 것이나 다를 바 없었다. 명우는 고개를 저었다. 그는 변화가 시작된 건 몇 년 전이라며, 서서히 온몸에 털이 났을 뿐 아니라 보름달이 뜨는 날이면 주둥이가 길어지고 뾰족한 송곳니가 입 안을 뚫을 듯 자라났다고 했다.

"난 아무런 사전 준비 없이 세상으로 던져졌어. 운이 좋았다면 지나가는 누군가가 날 도와줄 수도 있었겠지만, 대부분 홀로 맴돌았지. 멀어지는 사람들을 바라보면서."

몇 년 전 처음 늑대인간이 되었을 때, 명우는 자라난 털을 주기적으로 밀었을 뿐 아니라 손톱 정리를 위해 네일아트숍까지 찾았다고 했다. 하지만 어느 순간 털의 생장 속도를 따라잡을 수 없어 얼굴을 제외한 부위는 관리를 포기했다. 가장 힘겨운 건 체온 조절이었다. 빽빽한 털 때문에 몸의 열이 빠져나가지 못해 머리카락을 다 밀지 않고는 봄여름을 날 수 없었다.

변화를 따라가기 급급했던 것도 잠시 명우의 마음에 분노가 쌓였다. 그는 늑대인간으로 살아가며 얻은 나름의 팁들을 같은 늑대인간에게 공유해주고 싶었지만, 인터넷에서조차

동족의 흔적을 찾을 수 없었다. 특히 보름달이 문제였다. 명우는 달마다 찾아오는 큰 신체 변화에 대해 털어놓을 곳이 없었다. 명우가 할 수 있는 일은 변해버린 몸을 그대로 내버려두고, 완전히 달라진 자기를 마주하기 위해 이름을 바꾸는 것뿐이었다.

나는 명우의 갈 곳 없는 분노보다 동족의 존재를 확신하는 그의 태도를 이해할 수 없었다. 그들을 실제로 본 적이 있느냐고 묻자, 명우는 고개를 끄덕였다.

"어디에나 있지. 어느 곳에서도 보여."

명우는 나와 커피숍에서 만났던 날 역시 그와 같은 늑대인간을 여럿 마주쳤다고 했다. 냄새와 걸음걸이, 무엇보다 진한 제모 자국으로 그들을 알아볼 수 있었다. 하지만 어떤 늑대인간도 명우에게 먼저 아는 척하지 않았다. 오히려 명우가 말이라도 붙이려고 하면 사람들 틈으로 몸을 숨겼다. 명우는 그 점이 불만스러웠다. 동류가 있다는 걸 알아차려도 조용히 자취를 감출 것. 그것이 명우가 느낀 늑대인간들의 불문율이었다.

명우의 고백이 끝난 후 열탕은 정적에 잠겼다. 명우가 아직 현아였을 적, 그의 집에서 인형놀이 하던 때가 떠올랐다. 현아는 인형 따위에는 관심이 없었기에 그의 장난감들은 모두 내 차지였다. 미술 시간에 남은 찰흙을 가지고 인형과 닮은 모조품을 만들기도 했는데, 현아는 내가 만든 모조품을 더 좋아했다. 우리는 점토로 만든 모조 인형을 두 손으로 우그러뜨린 뒤에야 놀이를 끝냈다. 공들여 만든 무언가를 아무것도 아닌 것으로 망가뜨렸을 때 마음이 한결 편했기 때문이었다.

"다른 늑대인간들과 만나면 더 외로워질 수도 있어."

홀로 제모를 하고 네일아트숍을 돌아다니는 편이 더 좋을 수도 있었다. 하지만 명우는 끝까지 소통할 수 있는 이를 찾겠다고 했다. 일방적으로 바라보는 게 아닌, 쌍방으로 소통할 수 있는 늑대인간을 반드시 찾겠다고.

나는 타인과의 쌍방 소통이라는 게 정말 가능한지 묻고 싶었지만, 입을 열지 못했다. 한쪽은 참고, 한쪽은 에너지를 발산하면 소통의 총량이 항상 참는 쪽의 배려로 맞춰지는 건 아닌지. 그러다 참는 쪽이 포기하는 순간 빈약한 축은 기울어 버리는 게 아닐는지. 나는 의문하는 대신 열탕에서 일어섰다.

"밥 먹으러 가자."

냉탕은 결국 가지 못했다. 명우와 나는 식당으로 가 미역국 반상을 시켰다. 배가 부르도록 먹었을 땐 오전 8시가 되어 있었다.

명우는 휴일을 즐기러 나온 인파를 피해 서둘러 집으로 돌아갔다. 반팔 티셔츠를 입은 사람들 사이로 명우의 검은 목폴라가 잔상처럼 눈에 남았다.

*

비행기 연료가 떨어졌을 때, 공중에서 급유하는 방식은 플라잉 붐(Flying Boom)과 프로브 앤 드로그(Probe and Drogue)로 나뉜다. 전자가 급유기에 막대를 장착해 피급유기의 수유구에 기름을 직접 주입하는 방식이라면, 후자는 길고 유연한 재질의 급유 호스를 이용해 주유한다. 이때 급유 호스 끝에는 셔틀콕 모양의 금속 드로그가 장착돼 있어, 피급유기에 달린 뾰족한 막대 형태 프로브에 안전하고 정확하게 연료를 주입할 수 있다.

플라잉 붐이 많은 연료를 빠르게 급유하는 대신 전용 급유기를 개발해야 한다는 단점이 있다면, 프로브 앤 드로그는 단시간에 많은 연료를 주고받지는 못해도 기존 비행기를 간단히 개조해 공중에서 급유할 수 있다는 이점이 있다.

그러므로 카페 프로브 앤 드로그는 단순히 비행기를 좋아하는 사장의 관심사를 넘어, 카페에 들르는 이들의 다양한 입맛에 맞춰 음료를 만들겠다는 포부가 담긴 명명일 거라는 게 탁반의 추측이었다.

"요새는 커스터마이징이 중요하잖아. 우리가 하는 일이랑 똑같지, 뭐."

키즈 페어에 전시할 대형 루빅스큐브를 제작하며, 돌이켜보니 명우와 처음 만났던 카페 이름이 참 특이했다는 이야기를 나누던 중이었다. 사실 영무 사우나에서 있었던 일에 대해 말하고 싶었지만 마음이 내키지 않았다. 아무리 탁반과 친하다고 해도 명우의 내밀한 비밀을 밝히는 건 옳은 일이 아니었다.

김혜빈

한편으론 명우의 비밀을 몹시 이야기하고 싶단 마음이 들끓기도 해서 속으로 끙끙 앓았다. 혹시 명우의 쌍방 소통에 대한 집념이 말을 못 한다는 답답함 때문이라면 나는 하루도 견디지 못하고 동료를 찾아 도심을 떠돌았을 것이다.

탁반은 전날 팟캐스트를 통해 들은 전투기의 공중급유 방식에 대해 계속 떠들었다. 평소라면 시끄럽다며 에어팟부터 찾았을 텐데, 동료를 찾고 싶다는 명우의 고민을 생각하다 보니 탁반의 존재가 새삼 고마웠다.

이혼한 뒤로 여섯 개가 넘는 OTT를 구독하고, 밤이면 구독자가 스물일곱 명뿐인 공대생 팟캐스트를 듣는 탁반. 언제나 단발머리를 힘주어 묶고, 눈가에 늘어나는 주름을 걱정하면서도 선크림은 절대 바르지 않는 그가 나는 좋았다. 이 회사에서 사장 부부의 까다로운 요구를 맞춰주며 삼 년 넘게 버텨낸 건 탁반과 내가 유일했다. 다른 사원들도 있긴 했으나 그들은 뜨내기와 다를 바 없었다. 여기에서 저기로, 저기에서 여기로 맴도는 사람들 사이에서 우리는 두 발에 무거운 추를 달고 버텼다. 탁반은 어디론가 가기에는 너무 지쳐 있어서, 나는 어디로 가야 할지 몰라서. 그와 나는 친한 회사 동료이자 세대를 초월한 친구 사이였지만, 그렇다고 해도 내가 정말 탁반을 잘 알고 있는지는 확신할 수 없었다.

나는 탁반이 항상 끼고 다니는 UV 차단 팔 토시를 잡아당겼다. 탁반이 큐브를 색칠하다 말고 나를 보았다. 작업실로 쓰이는 넓은 컨테이너 안은 각종 행사에 이용될 마스코트 모형으로 가득했다. 예술이 아닌 오로지 실용을 위해 만들어진 스티로폼 덩어리 사이에서 나는 탁반에게 물었다.

"혹시 탁반도 늑대인간이에요?"

탁반은 웃음을 터뜨렸다. 나는 며칠 전 탁반의 귀에 난 털을 보았노라고 털어놓았다. 그 털이 늑대인간이라는 표시라고 하지 않았느냐고, 왜 그런 말을 한 거냐고 웃음기 없이 물었다. 탁반의 얼굴에서 점차 미소가 가셨다. 나는 팔 토시 아래 드러난 탁반의 피부를 유심히 살폈다. 제모의 흔적은커녕 솜털 하나 보이지 않았다. 탁반이 팔짱을 꼈다.

"설마 그 친구한테 진짜 늑대인간이냐고 물어본 건 아니지?"

"걔는 진짜 늑대인간 맞아요."

"걔가 그래? 자기가 늑대인간이라고?"

"그렇다고 하던데요."

나는 가위를 들어 올렸다. 탁반이 칠한 큐브 한 면은 파란색과 주황색, 밝은 노란색의 정사각형이 어지럽게 뒤섞여 있었다. 실제 큐브와 더 유사하게 만들기 위해서는 검은 선이 추가돼야 했다. 굵은 PVC 줄을 자르자 가위 중앙부에 달린 나사가 삐거덕거렸다. 나는 탁반이 미처 칠하지 못한 흰 면 앞에 섰다. 무언가를 말할 듯 말 듯 하던 탁반이 잠시 뒤 생뚱맞은 이야기를 꺼냈다.

"혹시 우리나라에 가위 박물관이 있는 거 알아?"

탁반은 전남편과 진안에 놀러 갔던 때를 회상했다. 그날

김혜빈

탁반은 양귀비꽃 가위를 처음 보았다. 과거 양귀비꽃을 채취하는 데 쓰였던 그 가위는 가윗날이 꼭 보름달처럼 생겨서 손잡이를 양쪽으로 벌리면 동그란 날이 반달 모양으로 쪼개졌다. 탁반은 집에 돌아가서도 양귀비꽃 가위에 대해 줄곧 떠올렸다.

"그 가위는 왜 보름달 가위가 아닌가, 양귀비꽃을 자른다고 꼭 양귀비꽃 가위라고 불러야 하나, 쓸모가 그것의 이름과 반드시 관련지어져야 한다면 난 왜 탁수현이 되었는가, 빼어나지도 어질지도 못한 내가 여전히 수현이라고 불릴 수 있는가, 아무리 물어도 남편은 피곤하다면서 등을 돌리더라."

물건의 쓰임새와 이름이 다르다면 아무래도 혼란이 오지 않을까 했지만, 탁반의 말도 일리가 있었다. 모형도 실제와 똑같이 만든다고 항상 결과가 좋진 않았다. 실제에서 디테일을 덜어내거나 가끔은 완전히 달라야지만 사랑받았다. 모든 면이 같은 색으로 맞춰진 큐브 대신 어지러이 색이 뒤섞인 큐브를 만든 것도 그 때문이었다. 최상이나 완벽함과는 거리가 먼 것을 볼 때면 마음이 가뿐해졌기에.

"하지만 어떤 순간에는 진실을 대면할 힘도 필요하잖아요?"

탁반은 고민하다가 팔 토시를 벗었다. 요철 하나 없는 매끈한 피부가 형광등 불빛에 닿아 빛났다.

"그거 알아? 돈이 들긴 해도 제모보다 왁싱이 편해."

퇴근 시간이 되자 우리는 버스 정류장으로 향했다. 탁반은 걷는 동안 요새 새로 생긴 취미에 대해 말해주었다. 우유를 탄 따뜻한 코냑을 취할 때까지 마신 다음, 아름다운 단어들을 수첩에 적고 그것들을 다시 모형으로 만든다. 여름 가위와 마그마 개 같은 아름답고 쓸모없는 형상들을.

탁반은 그중에서 '소금 포대에서 발견한 미니어처 심장'이란 구절을 가장 뿌듯해했다. 평범한 사람의 심장보다 조그맣게 쪼그라들어버린 심장을, 그는 이번 주말 직접 만들어볼 예정이었다. 모형을 만드는 동안은 함부로 외로워하지 않을 수 있었기에.

나는 집에 도착해 명우에게 메일을 보냈다.
– 아직 낚시하고 싶어?
명우는 W산 중턱에 자리한 옥류호에 관심을 보였다. 우리는 그곳에서 개기월식을 보기로 약속했다. 잠들기 전 우연히 보게 된 손등엔 짧은 흰 털이 다시 나 있었다. 나는 이번엔 그것을 뽑지 않고 놔두었다.

3

2000년대 초, 'ILOVEYOU'라는 제목의 메일이 전 세계 MS 아웃룩 유저들 사이로 빠르게 퍼져나갔다. 내용은 'kindly check the attached LOVELETTER(첨부된 러브레터를 확인해주

김혜빈

세요)'가 전부였다.

해당 메일에는 'LOVE-LETTER-FOR-YOU.TXT.vbs'
란 파일이 첨부돼 있었고, 파일을 다운로드하는 순간 컴퓨터
에 저장된 영상과 음악, 이미지 파일들이 다른 파일로 덮어씌
워져 더 이상 읽을 수 없게 되었다. 바이러스는 여기에서 멈
추지 않고, 아웃룩에 등록된 모든 주소로 똑같은 내용의 메일
을 자동 발송했다. 바이러스 감염자가 기하급수적으로 늘어
난 탓에 전 세계 전산망이 마비될 정도였다.

후에 러브 버그(Love Bug)라 불리게 된 이 바이러스는 감
염자들의 컴퓨터를 망가뜨렸을 뿐 아니라 그들의 마음 역시
무너뜨린 것으로 평가됐다. 결국 메일을 받은 이들 중 기대하
던 사랑 메시지를 확인한 이는 아무도 없었기 때문이었다.

명우는 깨진 지붕 틈으로 흘러가는 구름을 응시했다.

"결국 모든 건 외로움이 문제인 것 같아."

우리는 개기월식이 본격적으로 시작되기 전, 고옥에서
몸을 숨기고 있었다. 지붕 틈으로 구름 낀 하늘만 보고 있는
명우와 달리, 나는 툇마루에 앉아 서쪽의 맑은 밤하늘을 지켜
보았다. 나도 사랑이란 단어에 이끌려 러브 버그에 감염되는
때가 올까 하는 고민에 빠진 채로.

태양과 지구와 달이 점차 일직선이 되어 갔다. 바누아투
에 놓인 측우기에 대해 먼저 이야기를 꺼낸 건 명우였다. 그
가 활짝 열린 문 쪽으로 걸어왔다.

"처음 휴가 계획을 짰을 때만 해도 측우기를 보려는 생

각은 전혀 없었어."

명우는 호랑이와 중학생들이 한 농담을 함께 기억하는 것처럼 브로큰잉글리시를 쓰는 바누아투 사람들과 평화를 위해 세워진 측우기를 떨어뜨려 생각할 수 없었다. 나는 명우와 쌍방으로 소통하기 위해 노력 중이었기에, 바누아투인이 쓰는 비슬라마어에 대해 이야기했다.

"침략의 잔재가 묻은 언어를 쓰는 사람들한테 평화 기념비를 세워줬다고 정말 평화가 올 수 있을까?"

명우는 자리에서 일어섰다. 항성과 행성과 위성이 일직선에 놓였다. 이지러지던 달이 붉게 변했다. 명우의 음성은 또렷했다.

"적어도 평화롭다는 꿈을 꿀 순 있겠지."

명우는 숲속으로 걸어갔다. 늑대와 인간, 그 사이 어딘가에 걸쳐진 듯한 울음소리가 이어졌다. 명우의 울음에 화답하는 늑대인간은 물론 없었다. 그는 십여 분을 운 끝에 내가 있는 고옥으로 돌아왔다. 명우가 어떤 마음으로 숲에서 홀로 울었는지 나는 헤아릴 수 없었다. 우리는 램프를 들고 옥류호로 향했다.

새벽의 호수는 고요했다. 명우와 나는 낚싯대를 드리웠다. 오랜만에 온 옥류호는 기억만큼 아름답진 않았으나, 충분히 넓고 고요했다. 물고기를 한 마리도 낚지 못한 나와 달리 명우는 낚시를 시작한 지 두 시간 만에 잉어 세 마리를 낚았

김혜빈

다. 그는 잡은 잉어를 번번이 놓아주었다. 팔뚝만 한 잉어들은 탁한 호수 아래로 빠르게 몸을 숨겼다. 나는 램프 불빛에 의지해 오늘따라 숱이 줄어든 듯한 명우의 털들을 살폈다. 이렇게 보니 조금 털이 많은 사람이라고 생각될 정도였다.

"개기월식 때는 어쩌면 무섭게 변할 수도 있겠다고 생각했어. 붉은 달이 뜨잖아."

"그렇지는 않아. 오히려 인간에 가까워지지. 개기월식이 끝나면 다시 보름달이 뜰 거야. 그러면 완전한 늑대인간으로 돌아갈 수 있어."

명우에게 있어 개기월식은 도약이었다. 한순간에 가장 약한 존재에서 가장 강한 존재로 변화할 수 있는 마법 같은 도약. 미디어에서 그려지던 포악한 모습은 조금도 보이지 않았다. 우리 사이에 자리한 것은 믿음뿐이었다. 명우가 내게 개기월식을 보자고 한 건 그만큼 나를 신뢰하고 있다는 증거였다.

명우는 낚싯대를 거둬들였다. 잉어 낚시에 흥미가 떨어진 듯했다. 나는 그에게 동료를 찾는 일은 어떻게 되어가냐고 물었다. 침묵할 것이라는 예상과 달리 명우는 침울하게나마 웃었다.

"찾긴 했는데 잘 모르겠어. 설득하는 데 시간이 걸릴 것 같아."

명우는 지난 며칠간 지나치는 전철역에서, 피트니스센터에서, 파트타임으로 일하고 있는 옷 가게에서 늑대인간이라는 확신이 드는 이를 만나면 어떻게든 따라가 말을 붙였다고 했다. 자기처럼 늑대인간으로서의 자아를 드러내자고 혹은 늑대인간들만의 연합을 만들자고 제안하기 위해. 하지만 그들 중 늑대인간임을 시인하는 자는 극히 적었고, 명우의 말을 들으려고 하는 자는 더욱 없었다.

어떤 이는 보름달이 뜨면 괴물처럼 변하는 자신을 끔찍하게 여겼으며, 어떤 이는 실험 대상이 되거나 총에 맞아 죽지 않으면 다행이라고 생각했다. 그나마 두 사람의 연락처를 어렵게 얻어냈는데, 그들은 얼마 전 아이를 출산한 늑대인간 부부였다. 앞으로 늑대인간으로 자라날 자식을 어떻게 교육해야 할지 막막했던 둘은 명우의 제안을 조심스레 받아들였다.

명우는 손가락을 접으며 날짜를 헤아렸다.

"바누아투에서 한동안 휴식을 취한 뒤엔 세계를 돌아다닐 생각이야. 이대로 혼자가 될 생각은 없어."

나는 개기월식이 끝나는 시간을 확인했다. 한 시간 정도 이어진 개기월식이 끝나면, 지구 그림자에 가려졌던 보름달이 제 모습을 드러낼 것이다. 나는 낚싯바늘에 미끼를 갈아 끼웠다.

"혹시 평범한 인간으로 다시 돌아갈 수 있다면 그렇게 할 거야?"

"아니, 난 늑대인간이 된 내가 좋아. 그걸 부정하고 싶지 않아."

바람 한 점 없는 호수였지만 가는 흙 알갱이가 우리를 쉼

35   김혜빈

없이 뒤쫓았다. 호수에 파문이 이는가 싶더니 찌가 수면 아래로 깊숙이 들어갔다. 나는 자리에서 일어나 낚싯줄을 감았다. 조그만 잉어가 수면 밖으로 튕기듯 솟아올랐다. 잉어는 아가미를 정신없이 움직였다. 나는 명우가 그랬듯 잉어를 다시 호수에 풀어주었다. 잉어는 제자리에서 한 바퀴 돈 뒤 반대편 호수를 향해 미끄러졌다.

"이제 집에 가자."

명우가 말했다.

그는 돌아갈 채비를 하긴 했지만, 내 차에 다시 탈 생각은 없어 보였다. 오랜만에 보름달이 뜨는 날 밖에 나왔으니, 늑대인간으로 돌아가 자유롭게 숲을 누비고 싶은 모양이었다. 명우는 호수 옆에 서서 손을 흔들었다.

"다음 개기월식 때 다시 만나."

나는 두두야, 하고 돌아서는 그를 불러 세웠다. 명우는 수풀이 우거진 곳을 헤치다 말고 나를 보았다.

개기월식이 끝나가고 있었다. 보름달을 덮고 있던 붉은 빛이 사라졌다. 노란 달이 서서히 나타나자 어둠 속에 서 있는 명우의 골격도 거대해졌다. 나는 입 속에서 맴돌던 말을 내뱉었다.

"나 보고 싶어. 네가 변하는 모습."

명우는 망설였지만 나는 고집스레 서 있었다. 내 손등엔 여전히 흰 털 한 가닥이 자라는 중이었다.

명우는 보름달을 맞이할 곳을 찾아 나섰다. 다행히 그리

멀지 않은 곳에 넓은 바위가 있었다.

　명우는 바위로 올라가 입고 있던 옷을 하나둘 벗었다. 자라나는 게 눈에 보일 만큼 털은 순식간에 길어져, 명우의 알몸을 빽빽이 덮었다. 속옷을 입지 않은 명우의 가슴은 언뜻 보기에도 단단했다. 흘러내린 바지 위로 두껍고 긴 허벅지가 드러났다. 하관이 길어지며 길쭉한 송곳니가 튀어나왔다. 나는 명우의 음모 사이로 튀어나온 손가락 길이의 살덩이에서 눈을 떼지 못했다.

　"그건 뭐야?"

　"내 클리토리스."

　어느새 완전한 늑대인간으로 변한 명우가 울부짖었다. 그는 숲속을 향해 몸을 틀었다. 어둠을 헤치며 달리던 명우는 딱 한 번 뒤돌아 나를 응시했다. 나를 오래도록 기억하려는 듯, 눈 한 번 깜빡이지 않고.

　그가 다시 내달렸다. 단단한 두 다리는 어둠 속에서 쉬지 않고 움직였다.

＊

그날 이후 나는 한동안 명우를 보지 못했다. 가끔 W산을 지나치기도 했으나, 명우의 흔적은 찾을 수 없었다. 하지만 명우가 곁에 있기라도 한 듯 그와의 기억은 언제나 생생했다.

　다음 개기월식은 삼 년 후 겨울이었다. 나는 명우에게 개

　　　　　　　　　　　　　　　　김혜빈

기월식에 맞춰 다시 한번 고옥에서 만나자는 메일을 보냈다.

명우는 바누아투에서 찍은 사진 한 장과 함께 그곳에서 만난 늑대인간들에 대해 말해주었다. 그들은 소수이긴 하나 서로 친밀하게 소통하는 듯했다. 다른 나라에선 이미 변화의 물결이 일어나고 있었다.

– 다시 만날 때 꼭 다른 친구들을 소개해줄게.

나는 손등에 난 흰 털을 매만졌다. 그것은 어느새 손가락 마디만큼 자라 있었다.

*

새빨간 불길이 철망 틈으로 솟는다. 훈기가 고옥 곳곳으로 퍼진다.

깨진 지붕 틈 사이로 붉은 달이 비친다. 눈이 숲 위로 소리 없이 쌓인다. 지구 그림자에서 벗어나는 순간, 다시 한번 보름달이 뜰 것이다.

나는 입고 있던 옷을 차례차례 벗는다. 달빛을 최대한 많이 받을 수 있는 곳을 찾아 지붕 위로 올라간다. 숨을 깊게 들이마시자 한껏 가슴이 부풀어 오른다. 보름달이 뜬다. 나는 큰 목소리로 운다.

먼 곳에서 메아리 같은 울음이 들린다. 그 울음은 거울처럼 나를 모방하는 듯하다가 자기 색을 되찾는다.

　　울음소리의 주인은 하나가 아니다. 그들은 각기 다르게 우짖는다.

　　나는 그 소리를 쫓아 달린다. 바누아투처럼.

　　　　　　　　　　　　　　　　　　김혜빈

정원사

김사사

우중이었으므로 서늘하였고, 영이는 자전거를 탔다. 영이에게는 우산이 없었기 때문에 머리 위로 박스를 덮었는데, 조금씩 새는 빗물을 막는 데는 소용이 없었다. 그녀는 혀를 내어 빗물을 먹어보았고 싱거운 맛에 역시 빗물이로군, 하고 입을 다물었다. 한때 그녀는 매일같이 서 있는 사람이었기에 언제나 다리가 아팠다. 그녀는 집으로 향하는 도로의 가장자리를 천천히 걷던 때 문득, 내게는 탈것이 필요하다……고 말하게 되었는데 어쩌면 오래전부터 필요한 것이었을지 모른다고 생각하자, 더는 걷기가 싫어졌고 곧장 탈것을 구하고 싶었다. 스케이트보드나 킥보드나 롤러스케이트는 싫었다. 그런 것들은 아무래도 탈것이 아니라 움직이거나 흔들리는 것에 가깝게 느껴졌다. 영이는 안전하고 안정적인 것이 좋았으므로 자전거를 구하기로 했다. 한동안 자전거 가게를 찾아다녔으나,

더는 문을 열지 않는 곳들만 보였다. 끝내 작은 자전거 수리점에 들러 여기서 자전거를 팔기도 하나요, 하고 물었을 때는 모두 주인이 따로 있습니다, 하는 대답을 들었다. 영이는 능숙한 손길로 안장을 교체하는 수리공을 향해 물었다. 이건 누구의 것이죠. 찾아가지 않은 사람의 것입니다. 얼마나 된 건가요. 사 년 정도. 버려진 건가요. 주인이 있습니다.

뜻밖에도 그녀는 집으로 향하던 길에 자전거를 구하게 되었는데, 전봇대에 비스듬히 기댄 소년을 만났기 때문이다. 근처 중학교 교복을 입은 키가 작은 소년이었고, 그의 곁에는 자전거가 한 대 놓여 있었다. 이건 누구의 것이니. 그냥 지나가세요. 네 것이니.

나는 도둑이에요.

도둑이라고.

오늘 처음으로 도둑질했죠.

자전거를 훔친 거니.

그래요. 이제 나는 끝장이겠죠.

소년이 투, 하고 침을 뱉자 그의 얇은 턱이 덜덜 떨렸다. 단내가 나고 반짝거리는 침이 자전거 바퀴를 따라 흘러내렸다. 나는 자전거가 필요해. 그래서요? 내게 주겠니. 내 것이 아니라고요. 알아, 나중에 돌려줄 거야. 길 건너 목제 대문 집에서 가져왔어요. 손을 들어 건너편을 가리킨 소년이 자전거의 엘이디 전조등을 들고 빠른 속도로 달아났다. 그의 말대로 길 건너에는 목제 대문 집이 있었고, 낮은 담장 너머로 큰 창을 단 주택이 보였다. 살짝 열린 대문 틈새로 보이는 마당에 잔디가 자라고 있었다. 영이는 덩그러니 남은 자전거를 앞뒤로 밀어보았다. 확실히 구린 자전거였다. 그런데 이런 게 잘 굴러갈 수는 있나. 나는 통증이 싫어서 자전거를 구한 건데. 더 아프면 어떡하지. 정말이지 너무 구린 거 아닌가……. 자전거는 신뢰할 수 없는 모양새였으나 이상하게도 잘 굴러갔다. 영이는 자전거에 올라타 무언가 밀어내듯 페달을 밟을 때마다 지저분한 자전거를 잘 길들인 사람에 대해, 잘 길들인 물건을 찾을 수 없게 된 사람에 대해 생각했다. 그러면 기분이 묘해졌다. 하지만 그런 기분은 오래가지 않았는데, 단단하고 딱딱한 안장이 진동하며 엉치뼈를 두드렸기 때문이다. 다만 때가 되면 돌려주어야 할 물건이었으므로, 적당한 속도로 운전하여 목제 대문 집에 다다른 뒤 자전거를 세워 두고 조용히 돌아오는 상상을 자주 했다.

그녀는 이제 매일같이 서 있던 곳으로 가지 않아도 되었고, 그래서 다리가 아프거나 부풀어 오르지도 않았지만 오랫동안 자전거를 탔다. 나는 빗속에 있어요. 비가 많이 내리고 있습니다. 지금 내 얼굴은 아주 축축하고요. 하지만 여전히 편안하고 안전한 기분이에요. 당신이 내 모습을 상상할 수 있다면 좋겠는데요.

*

김사사

내내 누워서 생활하는 사람이 될 무렵부터 영이는 휴대전화 너머 승수의 목소리를 자주 듣게 되었다. 오늘도 자전거를 탔나. 아뇨, 대신 하늘 자전거를 탔는데요. 얼마나? 지금도 타고 있는데요. 허공에 발을 구르며 그녀의 숨이 차오르는 동안 승수는 별다른 대꾸가 없었다. 영이는 언젠가 웨이트리스였던 적이 있으나 이제는 아니다. 웨이트리스였던 적이 없다고도 할 수 있다. 그녀는 조기찌개(中/大)를 파는 인터체인지 근처 24시 식당에 오래 다녔으며, 그곳에서 조리와 서빙과 청소를 모두 해내는 사람으로 불렸다. 사장은 생선 알레르기가 있어 식당에만 오면 눈물을 참을 수 없다고 했다. 그는 영이를 종업원이 아닌 웨이트리스라고 불렀는데, 이왕이면 그렇게 부르는 편이 더욱 세련된 느낌을 주기 때문이라고 덧붙였다. 영이는 비릿한 조기 냄새가 물린다고 했고, 사장은 일하는 사람이 물릴 정도가 되어야 먹는 사람이 만족할 수 있지요, 하고 그녀의 어깨를 툭툭 두드렸다.

짧은 여행을 다녀올 계획이라던 사장은 얼마 있지 않아 붐박스 하나만을 들고 전국 일주 길에 오르는 청년 무리와 어울리게 되어서 다시는 돌아오지 않았으므로 24시 식당도 문을 닫았다.

언제 돌아오실 건가요.

영이 씨는 어디서도 잘하겠지요.

거기에 얼마나 계실 건가요.

영이 씨, 나는 낚시하는 취미를 만들었지요.

그날 영이는 낚시용 선글라스를 쓴 채 두툼한 참돔을 든 사장의 얼굴에 초점이 맞추어진 사진 한 장을 메시지로 전달받았다. 사장의 어깨 너머로 직사각형의 은빛 붐박스가 놓여 있어서 영이는 둠둠둠 하는 음악 소리를 생각할 수밖에 없었다. 가게 셔터를 내리고 집으로 돌아가는 길에도 둠둠둠 하는 소리를 멈출 수 없었고, 그녀는 정말 웃기는 놈이야 말도 안 되는 놈이야 이상하게 사는 놈이야, 하며 세차게 페달을 밟았다.

그렇게 영이는 종일 누워 있는 사람이 되고 말았다. 배가 고프면 보리차 티백을 담가 연갈색으로 변한 물을 마셨다. 바닥에 누워 마른 빵을 뜯어 먹으며 천장을 바라볼 때는 마치 조류 같군, 하고 속삭였다. 가끔 양념한 돼지고기나 오리고기를 조금씩 구워 먹기도 했지만, 생선 쪽으로는 손이 가지 않았다. 이제 오랫동안 서 있는 사람이 아니었기 때문에 영이의 두 다리는 점점 약하고 물러졌다. 아주 부드러운 카스텔라를 주무르는 듯했다. 아, 이거 다리가 너무 말랑한데. 큰일인데. 그러나 자전거를 타는 일만큼은 여전히 좋았다. 그녀는 전과 같은 방식으로, 매끄럽게 원을 그리는 방식으로 다리를 사용하고 싶었다. 그렇다면 전문적으로 자전거 타는 일을 배워볼까 싶었지만 영이의 자전거는 전문가용이나 선수용과 같은 날렵한 물건이 아니었고, 게다가 선수처럼 빠른 속도로 타는 일은 영이 자신이 내키지 않았다. 죽을 수도 있는 건데 혹은 다시는 움직이지 못할 만큼의 부상이 있을지도. 자전거를 타는 곡예사가 되어보는 건 어떨까 싶었지만, 그것 역시 마찬가

김사사

지로 내키지 않았다. 무엇보다 영이에게는 그런 재능이나 재주가 없었으므로 종종 자전거를 타고 동네 어귀나 큰길가를 천천히 돌고 오는 일에 만족하기로 했다. 목제 대문 집에 가야 하는데, 정말 자전거를 돌려주어야 하는데 싶었지만 그 일은 조금씩 미루었다.

집 안에서는 하늘 자전거를 오래 탔다. 훅, 훅, 훅, 훅, 바닥에 등을 납작하게 붙이고 허공에다 발을 크게 휘저으면 무언가 그럴싸하다는 기분이 들었고, 훅, 훅, 훅, 훅, 허공을 향해 센 발차기를 날릴 수 있었으며, 훅, 훅, 훅, 훅, 시간을 잘 흘려보낼 수 있었다. 그렇게 다리를 휘젓다가 땀이 줄줄 흐르고 온몸이 쪼개지는 듯한 통증이 이는 날이면, 정말 그럴싸하다는 기분에 휩싸였다. 그때는 꼭 더운 기운을 견딜 수 없어서, 옥상으로 올라가 작은 은박 돗자리를 편 뒤 그 위에 누워서 발차기를 했다. 훅, 기분 좋은데. 훅, 나 이제 그만 누워 있고 싶은데. 훅, 아 진짜 뭐 하지…….

영이는 주기적으로 옥상에 돗자리를 펴고 누워 하늘 자전거를 타고 발차기를 했다. 하늘 자전거를 타야지 하고 마음먹으면 발차기가 튀어나오고, 발차기를 해야지 하고 다짐하면 하늘 자전거를 타게 되는 식이었다. 돗자리와 맞닿은 등이 미적지근하게 달아올랐다. 자가 발전기. 자체 동력기. 나는 무한 동력을 가진 사람이다…… 중얼거렸지만, 동시에 절대로 그렇게 될 수 없다는 사실을 알았다. 영이는 시간이 지날수록 배가 고팠고 조금씩 울고 싶어졌다. 자전거 선수도 곡

예사도 될 수 없는 몸. 조기 냄새는 비리고 이제 더는 어떤 조리 행위도 하고 싶지 않았다. 그녀는 그 순간에도 다리를 휘두르는 일을 멈추지 않았고, 멀리 있는 전봇대를 발끝으로 쓰러트리고 싶다는 일념으로 동작을 취했다. 속이 뚫리는군. 영이네 동네에는 전봇대가 아주 많았는데, 검은 전선들이 긴 머리칼처럼 늘어져 시야를 가리기 일쑤였다. 전봇대 기둥에는 채도 높은 노란색 혹은 분홍색 광고 스티커가 다닥다닥 붙어 있었다. 주로 대출이나 용역, 하우스에서 재배하는 과일을 킬로그램 단위로 판매한다는 내용들이었고, 개중에는 유구하고 고전적인 방법으로 일회성 만남을 주선하는 광고도 있었다. call : 은밀한 대화. 어쩌라는 거야. 은밀한 대화를 해서 뭐 할 건데. 은밀한 게 뭔데. 전화로 얼마나 은밀한 걸 할 수 있는데! 한번은 그 번호로 전화를 걸어 도대체 은밀한 게 무엇이냐고 물었다가 쌍욕을 먹고 말았다. 그런 건 나 말고 전화 거는 놈들한테 물어봐 개새끼야. 미안합니다. 영이는 통화가 끊긴 휴대전화를 머리맡에 두고 다시금 다리를 휘젓기 시작했다. 역시 온몸이 쪼개지는 느낌. 어쨌든 영이 역시 돈을 벌어야 했으므로 광고를 내기로 결심했다.

call : 안 은밀한 대화

영이에게 있어 승수는 하나뿐인 전화 상대이자 고객이었는데, 여러모로 참 이상한 사람이었다. 나 외로워. 저는 그

런 전화를 하는 사람이 아닙니다, 안 은밀한 대화라고요. 나
도 아는데. 그렇다면 왜 그런 말씀을 하시는지. 외로운 게 죄
야? 승수는 단지 외로운 감정에 충실하고 싶을 뿐, 다른 의도
가 있어 영이의 번호를 누른 건 아니라고 설명했다. 승수가
전화를 거는 때는 주로 끼니를 해결한 뒤 담배를 태우는 시간
이거나 새벽녘이었다. 그런 때의 영이는 옥상에 누워 승수의
목소리를 들었다. 승수는 힘이 없는 데다 늘어지는 목소리를
가졌고, 말을 뱉는 속도도 느릿느릿해서 답답한 여자였다. 영
이는 그녀가 십여 년 경력의 에어로빅 강사라는 사실을 믿을
수 없었다. 저한테 거짓말하는 거 아닌가요. 왜? 어떻게 그런
목소리로 수강생들을 가르칠 수 있나요. 그때는 나도 다른 목
소리를 낼 수 있지, 그런 힘이 있어. 그건 테크닉이니까. 우리
그냥 대화만 하는 건가요. 그래, 그냥 대화만. 언니라고 부를
까요, 이모라고 부를까요, 아줌마라고 부를까요. 셋 다 싫다.

　전화가 오지 않는 날의 영이는 자전거를 타고 멀리멀리
오래도록 달렸다. 달리는 동안 그래 바로 이 기분이다, 하고
여러 번 소리쳤는데 그럴수록 기분이 더 나아졌다. 속도를 올
리자 머리칼과 옷자락이 산뜻하게 휘날렸다. 그녀는 에어로
빅 학원이 들어선 건물마다 멈춰 서서 숨을 골랐고, 그런 행
위가 네 번 반복될 때쯤 드디어 승수를 만나게 되었다. 그때
까지 승수의 얼굴이나 몸피와 같은 외형적인 것들을 전혀 알
지 못했지만, 저 사람이 승수라는 것만큼은 단번에 알아볼 수
있었다. 야간반 강좌가 한창인 학원이었고, 머리를 바짝 깎은

승수가 붉은 레오타드에 형광 연두색 타이츠를 받쳐 입은 모습으로 몸을 격렬히 흔들어대고 있었다. 건물 이 층의 창문 틈으로 리드미컬한 음악 소리가 작게 새어 나왔다. 하얀 조명 빛을 뿜어내는 에어로빅 학원을 올려다보던 그녀는 또다시 둠둠둠 하는 붐박스 리듬을 떠올렸고, 휴대전화를 타고 들려오던 승수의 목소리를 그려냈다. 그런 목소리를 가지고 말이야. 저렇게 과격하게 몸을 흔들다니. 그게 가능한 일이라니. 영이는 긴 시간 그곳에 서서 쉴 새 없이 동작을 이어나가는 승수를 지켜보았다. 목덜미를 타고 흐르는 땀이 마르지 않아 살갗이 축축해질 때까지 그 자리를 지켰다. 그런 뒤 집으로 돌아가야만 한다는 생각에 사로잡혀 페달을 밟았다. 도착한 후로 곧장 승수에게 전화를 걸었다. 무슨 일이야. 승수가 말했다. 이 전화는 돈 안 받아요, 내가 먼저 걸었으니까. 영이가 대답했다. 그래서 어쩌라고. 다시 승수가 말했다. 지금껏 영이는 승수로부터 걸려온 전화를 곁눈질로 확인한 뒤 받거나 받지 않기를 선택했다. 영이가 전화를 받지 않는 날에는 승수 역시 다시 전화를 건다거나 메시지를 남긴다거나 하며 제 의사를 피력한 적이 없었다. 그건 자연스러운 일이었다. 하지만 왜? 왜 나는 승수의 전화를 받지 않기로 했고, 승수는 다시 전화를 걸지 않았는지.

스님이 될 생각은 없나요. 머리카락이 아주 짧던데.

개소리.

오늘 당신을 봤어요.

어디서.

에어로빅장에서요.

훔쳐보고 갔다는 거네.

그렇게 되나요.

그렇게 되는 거지.

스님이라고 불러도 될까요.

내가 빡빡이라서?

네, 하지만 그것만이 이유는 아닌데요.

또 개소리구나.

마당에 쪼그려 앉아 담배를 피우던 승수는 양쪽 발바닥에 쥐가 나 움직일 수 없는 상태라고 했다. 누군가 수천 개의 미세한 바늘로 제 발끝을 콕콕 찌르는 것 같다고도 덧붙였다. 영이는 어떤 대답을 해야 하나 오래 고민하다, 자전거를 타거나 하늘 자전거 자세를 잡을 때마다 안전한 기분이 든다고 말했다. 그러자 승수는 안전해지기 위해 집을 샀다고 했다. 안전한 기분과 안전한 것이 다른가요. 좀 차이가 있겠지. 승수의 집에는 넓은 마당이 있는데, 화단은 없고 잔디뿐인 마당이라 꼭 들판 같다고 했다. 그 집을 거쳐 간 사람 중 하나가 묘목을 가져다 심었다는 매실나무 세 그루가 있다고도. 매실을 많이 드시겠군요. 나도 그럴 줄 알았다. 아닌가요. 그거 따는 일이 참 힘들다. 그렇군요, 하지만 꽤 쓸모가 있을 텐데요. 그래서 지금은 정원사를 구하고 있다. 화단도 없는데 무슨 정원사가 필요하단 말인가. 그러자 승수는 느릿느릿한 목소리로 잔디는 눈 깜짝할 사이에 자라나서 늘 골치가 아프고, 뭉게뭉게 영근 채 방치되는 매실을 보고 있으면 딱하기까지 하다고 했다. 그러니까 네가 해볼래? 무얼 말인가요. 잔디도 깎고, 매실도 따서 뭐라도 해보라는 거다. 나는 뭐라도 해보는 게 싫어요, 음식 만드는 건 더 싫고요. 그게 뭐 어려운 일이라고.

승수의 말은 틀린 게 없었다. 잔디는 아무리 깎아내고 다듬어도 눈 깜짝할 사이에 자라 마당이 온통 푸릇푸릇해졌다. 승수는 영이더러 일주일에 한 번씩 잔디를 깎고, 두 번씩 잡초를 뽑으라고 일렀다. 너무 자주 잘라내는 바람에 언젠가 마당이 민숭민숭하게 변해버린다든가 하는 영이의 상상은 소용없는 셈이었다. 길게 자란 잔디 사이를 걸으면 발목 언저리가 촉촉하게 젖었다. 말 그대로 들판 같았다. 수동식 잔디깎이를 앞뒤로 힘주어 밀자 잘려나간 잔디가 튀어 올랐다. 그 잔해들은 영이가 움직이는 경로를 따라 부스러기처럼 쌓였고, 곧 짙은 풀 냄새가 났다. 영이는 언제나 크고 각진 선글라스와 선캡(승수의 것)을 쓰고 잔디를 깎았지만, 콧잔등에 맺히는 땀은 어떻게 할 수 없었다. 잔디를 자르는 동안 피부에 밴 땀방울은 무척 짜서 실수로라도 맛보게 되면 입 안이 찌릿하고 조갈이 났다. 영이가 마당 한가운데를 가리키며 말했다. 일이 끝나면 여기에서 하늘 자전거를 타도 될까요. 넌 쓰쓰가무시가 무섭지 않은가 보지. 그럼 옥상에서 타는 건요. 네 마음대로 해라.

잡초를 뽑고 잘려나간 잔디의 잔해를 갈무리하면 늦은

오후가 되었고, 붉고 뜨거운 태양 빛이 승수의 마당으로 엎질러졌다. 영이는 승수의 집으로 들어가 찬물을 끼얹어 샤워하고 선풍기로 머리를 말렸다. 오래 끓인 뒤 시원하게 식힌 진한 찻물을 많이 마셨다. 그러고는 둘둘 만 돗자리를 챙겨 옥상으로 올라갔다. 하늘 자전거를 타고 있으면 저 아래 마당에서 여러 대의 스프링클러가 동시에 작동하는 소리를 들을 수 있었다. 치치치치, 그런 소리가 났다. 잔디는 다시금 자랄 것이다. 물을 양껏 먹은 채로 싱싱하고 파랗게 자라날 것이다. 정원사를 구할 바엔 잔디를 없애는 게 나을지도 몰랐다. 다 뽑아버리거나 제초제를 뿌리는 게 수고스럽다면 물이라도 주지 않으면 될 일이겠지만, 이러거나 저러거나 승수는 잔디가 있는 마당이 흡족한 듯했다. 그야말로 마당이 전부인 집이다. 작은 부엌과 두 개의 방으로 이루어진 집 안은 아주 좁았는데, 마당은 이상하리만큼 넓어서 정말 창고 하나 놓인 들판처럼 보였다. 훅, 이렇게 비효율적인 집이 있나. 훅, 아무도 살지 않을 것 같은 집. 훅, 승수는 왜 이딴 집을 사서 고생을 하나. 언젠가 승수는 잠들 데만 있으면 되는 게 아니냐고 반문했고, 영이는 스님들은 욕심이 없으니 그럴 수도 있겠다고 대답했다. 드문드문 진짜 자전거를 탄 영이가 승수네 마당을 몇 바퀴씩 도는 날도 있었다. 그러나 길게 자란 잔디 위를 달리면 속도가 나지 않을 뿐더러 두 바퀴에 잔디가 얽혀 성가셨고, 바짝 깎인 잔디 위를 달리면 꼭 누군가의 머리를 짓밟는 것만 같아서 기분이 더러운 동시에 힘이 쭉 빠졌다.

요즘 들어 영이는 철이에 대해 잘 생각하지 않았다. 그 이름을 몇 번 소리 내 불러보아야, 지난 한때 아주 익숙했던 이름이란 게 실감이 났다. 심지어 철이의 얼굴마저 분명히 떠오르지 않을 때가 많았는데, 승수네 마당에서 자전거를 타는 날이면 꼭 철이가 생각났다. 철이의 머리는 무척이나 짧은 데다 머릿결이 굵고 억세서, 언제나 바늘처럼 뾰족한 꼴로 바짝 서 있었다. 그래도 얼굴이 상냥하게 생겨서 철이라는 이름이 잘 어울리는 아이였다. 어느 도로변의 큰 고깃집에서 파인애플을 팔던 철이. 철이는 지금 무엇을 하고 있지…… 영이의 동생 철이는 오래전부터 칼과 같이 날카로운 물건을 잘 다루었으며, 언젠가 식당을 차리고 싶다고 했다.

그런데 누나, 사실 거기는 식당이 아닐 거야. 훅, 철이야. 훅, 그게 무슨 말이니. 영이는 그때도 하늘 자전거를 탔다. 위장 식당을 만들고 싶어. 위장 식당이라니 철이야. 허기진 손님들이 자리를 잡고 앉을 거야. 그들은 무척 배가 고플 거야. 이제 막 일을 끝내고 온 참이거든. 그들에게 다가가서 모서리가 각지지 않은 주사위를 쥐여준 뒤에 정중한 말을 건네고 싶어. 잠깐 기다려주시지요, 같은 말. 사람들은 주사위의 용도를 궁금해하겠지만, 곧 테이블 위로 주사위를 한두 번 굴려보게 될 거야. 사실 용도랄 건 없는데 말이지. 그렇게 주사위를 굴리다 보면 아무 생각도 하지 않게 될 테고, 어쩐지 즐거운 시간이라고 여기게 될지도 몰라. 그런 모습을 지켜보는 게 아주 재미있을 것 같아. 음악은 정말 작게 틀어야지. 밤에

김사사

만 운영할 생각이거든. 한밤중에 들리는 큰 음악 소리는 신경
질이 나지 않겠어? 그리고 나는 크고 긴 유리창이 있는 장소
를 원해. 창문에 사람들의 모습이 비치었으면 해서. 실내 온
도는 미세하게 높아졌다가 천천히 낮아질 거야. 사람들은 계
속해서 주사위를 굴리고. 그때 내가 만든 유머집을 소개하는
거야. 맞아, 사실 나는 유머집을 팔고 싶어. 내가 직접 만든 것
말이야. 내가 지금까지 만나본 사람들이 등장하는 유머집. 나
는 정교한 유우머보다 절묘한 유우머가 좋아. 사람들은 원하
던 식사를 하지 못해서 화를 낼까? 나는 누나처럼 요리를 할
순 없지만, 그들에게 토스트나 옥수수수프 정도는 내어줄 수
있어. 그들은 약간의 소음 속에서 식사를 할 테고, 배가 부르
면 유머집을 펼쳐본 뒤 크게 웃게 될 거야. 꼭 문고판 같은 유
머집이어야 해. 어디서나 읽을 수 있게. 하지만 잃어버려도
큰 아쉬움은 없도록. 그들이 바지 뒷주머니에 유머집을 꽂아
넣고 밖으로 나서면 그때 문을 닫는 거야. 그러는 동안 유리
창은 미세한 금이 더해지고 지저분한 상태로 변할 거야. 비나
눈이 오는 날도 있을 테고 어쩌면 태풍도……. 언젠가 나는
위장 식당 따위 운영하지 않아도 유머집을 팔 수 있는 사람이
되겠지. 정말 바빠질 거야. 그때는 누나가 도와주겠어?

철이야, 제발 말도 안 되는 소리 말고 닥쳐. 그 후 철이
는 아무런 대꾸 없이 영이를 따라 하늘 자전거를 탔고, 나날
이 파인애플을 팔러 갔다. 하루는 만취한 취객에게서 파인애
플로 머리를 얻어맞았다고 했다. 머리통이 깨지는 줄 알았어.

사실은 지금도 깨질 것 같아. 철이는 종종 그런 말을 하며 불쑥 허리를 숙이고 제 정수리를 보여주었다. 철이는 만성 두통에 시달리고 있었다. 영이는 철이의 여리고 물렁거리는 두피를 살살 문질러주었다. 아기들은 여기에 대천문이 있다던데. 그게 뭐야? 머리에 열려 있는 숨구멍. 아, 정말 아파. 깨질 것 같아. 밤마다 그런 소리를 하며 앓던 철이는 곧 파인애플 파는 일을 그만두었고, 노란 조끼를 입는 주유원이 되었다. 가득이요, 가득. 철이는 가득이란 단어를 참 좋아했다. 더는 머리를 얻어맞을 일이 없었기 때문에 철이는 안도했고, 주유소 소장은 늘 웃는 얼굴로 인상이 아주 좋았다. 게다가 그는 건실한 철이를 좋아했다.

　　누군가 주유소 근처에 있는 송유관을 뚫어 지속적으로 기름을 훔친 정황이 발견되었을 때 경찰들은 철이를 용의자로 지목했다. 하지만 얼마 지나지 않아 소장이 덜미를 잡혔고, 주유소는 영업이 중지되었다. 주유원 생활을 포기하고 돌아온 철이는 아주 긴 잠을 잤다. 영이는 전보다 자주 철이의 정수리를 매만졌다. 손바닥으로 꾹 누르거나 간질여보거나 호 하고 숨을 불어보기도 했다. 그 부드러운 감촉이 생생하게 닿을 때면 빌어먹을 유머집이 떠올랐다. 정말 빌어먹을 유머집. 철이는 애초에 그런 걸 만들 수 있는 사람이 아니다……. 철이가 사라진 건 한밤중이었으므로 잠든 영이는 철이가 떠나는 모습을 보지 못했다. 영이는 철이에 대해 자주 생각하지 않았고 그리워하지도 않았지만, 철이가 떠나던 때의 모습만

　　　　　　　　　　　　　　　　　　　　김사사

큼은 보고 싶었다.

*

잘 자란 매실나무가 길게 뻗은 가지를 늘어트리자, 알이 굵은 매실이 투둑투둑 떨어졌다. 영이는 잔디를 깎고 잡초를 뽑은 뒤, 찬물로 샤워하고 물을 많이 마시고 옥상에서 하늘 자전거를 타며 등이 달아오르는 일을 계속했다. 전봇대 대신 매실나무를 쳐내듯 다리를 훅훅 휘저으며, 날씨가 점점 더워지고 있다 점점 더, 하고 중얼거렸다. 스님, 전화는 더 하지 않는 게 어떤가요. 나도 이제 할 마음 없다. 영이와 승수는 번번이 얼굴을 보는 사이가 되었으므로 더는 전화를 하지 않았다. 오늘은 꼭 따라고, 꼭. 알겠냐. 승수가 더 늦기 전에 매실을 따야 한다고 일갈하던 날에는 오토바이를 탄 해조가 찾아왔다.

　해조는 덩치가 작고 키도 작은 사람이었다. 영이는 해조에 대해 잘 몰랐지만, 오토바이를 탄 그녀가 골목길 사이사이를 지나다니던 모습을 본 기억이 있다. 운전 솜씨가 남달랐기 때문이다. 해조 씨는 무슨 일을 하시는지. 영이가 물었다. 녹즙 배달이요, 오토바이 타고. 해조가 대답했다. 해조는 승수가 운영하는 새벽반의 오랜 수강생이었는데, 이른 아침부터 에어로빅을 한바탕 즐긴 뒤 동네 건강원에서 짜낸 녹즙을 배달하기 위해 분주히 돌아다녔다. 그녀는 오랫동안 에어로빅을 배웠으나 몸을 움직이는 데는 영 꾀가 없었다. 그러나 배달을 하는 만큼 손 하나는 빨라서 영이와 함께 매실을 따게 되었다. 해조는 매실로 만든 담금주를 가장 먹고 싶다고 했고, 영이는 딱히 구미가 당기는 게 없었지만 장아찌가 가장 기대된다고 대꾸했다. 키가 작은 해조는 나무에 올라타거나 손을 뻗어 열매를 따는 대신 원숭이처럼 나무 기둥을 끌어안고 마구 흔들어댔다. 그러면 매실이 우박처럼 바닥으로 우수수 쏟아졌다. 주워 담기 수월한 방법이었다. 매실 줍는 여인들, 이렇게 덧붙인 해조가 혼자서 슬며시 웃었다.

그들은 종일 햇볕 아래에 서 있었으므로 그새 얼굴이 조금씩 탔다. 빨갛게 익은 살갗이 끝내 얇은 껍질 형태로 벗겨졌다. 일과를 마치고 해가 지면 옥상에서 모기향을 피운 채 졸았다. 늦은 밤에는 승수가 돌아와 저녁을 차려주었다. 새콤한 비빔국수를 한껏 만들어 덜어 먹거나 된장이 들어간 쌈밥을 먹었다. 배가 부른 영이가 또다시 하늘 자전거를 타면, 해조는 영이의 자전거를 빌려 타고 마당을 돌았다. 승수는 빙글빙글 도는 해조를 눈으로 좇다 곧 해조의 뒤를 따라 빙글빙글 걸었는데, 그 움직임이 무척 더뎠다. 하늘 자전거를 타는 일에 지쳤을 때서야 영이는 집으로 돌아갔다. 돌아가는 게 내키지 않는 날에는 승수네 옥상에서 원터치 텐트를 치고 잤는데, 그럴 때는 해조가 함께 있었다. 영이보다 해조의 체온이 높았기 때문에 붙어 있으면 슬그머니 더워지고는 했다. 사위는 어두컴컴하고 잠잠했고 바람은 잘 불지 않았다. 해조 씨 우리는 이제 막 알게 된 사이인데 말이죠. 영이 씨, 우리 말 놓아요.

김사사

그래, 해조야. 응, 영이야. 우리 왜 여기에서 함께 잠을 자고 있지. 우리는 다시 안 볼 사이니까. 그게 무슨 말이니. 나는 건강원 뒷골목에 살지. 그렇구나. 위로는 언니가 한 명이 있고 말이야. 그것도 그렇구나.

해조의 언니는 대부분의 스포츠를 매끄럽게 소화할 만큼 몸을 쓰는 센스가 있는 사람이었는데, 특히 테니스를 아주 잘했다. 그녀는 온종일 코트를 벗어나지 않을 만큼 테니스를 즐겼다. 라켓과 공이 부딪힐 때면 픽도 아니고 빽도 아닌, 어떻게 해도 설명할 수 없는 소리가 묵직하게 울려 퍼지는데, 해조의 언니는 그런 소리를 들을 때마다 마음이 개운해지고 가슴이 뛴다고 했다.

빽(픽)-픽(빽)-빽(픽)-픽(빽)
그녀의 애인은,
빽(픽)-픽(빽)-빽(픽)-픽(빽)
그녀와의 랠리를,
빽(픽)-픽(빽)-빽(픽)-픽(빽)
가장 오래 이어갈 수 있는 사람이었다.

멍청한 년. 픽도 아니고 빽도 아니면 그냥 어중간한 소리지, 어디서 믿기지도 않는 개구라야……. 해조는 언니를 향해 줄곧 이렇게 말했다. 그래 해조야, 역시 네 말이 맞았다. 그 사람은 내가 아니라 테니스를 사랑했던 거야. 언젠가부터 해조

언니의 몸은 축축 늘어지기 시작했고, 나중에는 완전히 바닥에 달라붙은 껌 같은 모습이 되었다고 했다. 더는 몸을 움직이는 데 센스를 발휘할 수 있는 그런 사람이 아니게 되었다는 말이다. 해조의 언니는 꾸물거리며 말했다. 그런데 해조야 더욱 슬픈 건 뭔지 아니? 어쩌면 나도 그 사람이 아니라 다른 것을 더…….

해조의 언니가 자취를 감춘 아침, 해조는 집 안이 괴상하고 기이해졌다는 것을 감지했다. 두 사람분의 식기와 몇 권의 책들, 자잘한 생활용품과 가구까지 모든 게 제자리였지만 그게 다가 아니라는 게 느껴졌다. 주위를 둘러보던 해조는 의자와 탁자, 장식장, 작은 소파와 밥을 다 먹고도 접지 않는 교자상 같은 모든 가구의 높이가 전보다 조금씩 상승했다는 걸 깨달았다. 해조의 언니는 작은 가구의 다리 하나도 빼놓지 않고, 죄다 갈라진 테니스공을 알맞게 받쳐두고 떠났다. 언젠가 해조가 무심코 못 쓰게 된 테니스공을 가져다 탁자의 받침대로 사용했을 때 그녀는 아주 식겁을 하던 사람이었다. 센스를 이런 데 쓰고 가냐. 해조가 중얼거렸다. 이후 해조는 극장에 앉아 러닝타임이 길고 지루하기로 유명한 영화를 보았다. 상영이 끝난 후 영화에 대한 감각과 기억은 모조리 사라졌는데, 광장에서 첫눈을 맞는 연인에게 다가가 라이터를 팔던 엑스트라만이 불확실한 잔상으로 남았다. 정말로 모든 게 불확실했다. 엑스트라는 헤리티지 무드의 스카프로 얼굴을 꽁꽁 둘러싼 모습으로 출연했기에 이목구비를 확인하는 건 불가능했다. 어쩐지 해조는 스치듯 등장한 그 엑스트라가 언니라고 확신했다. 다만 라이터를 파는 여자는 엔딩크레딧에조차 나오지 않았으므로 해조는 어떤 것도 증명할 수 없었다.

　이제 해조는 숙련된 배달원이 되었고, 앞으로도 그렇게 지낼 예정이었다. 사람들은 건강해지려고 녹즙을 먹지. 해조가 말했다. 그렇겠지. 영이가 두어 번 고개를 끄덕거렸다. 하지만 나는 녹즙이 건강에 좋다는 말을 절대 믿을 수가 없단다, 영이야. 왜지. 정말 건강해졌다면 맛도 없는 걸 계속 먹어야 할 이유가 있느냐는 거란다, 영이야. 그것도 그런대로 말이 되는군. 해조가 말하기를 주기적으로 녹즙을 받아먹고도 매번 병약한, 갈수록 쇠하는 사람들은 자주 보았으나 반대의 경우는 본 적이 없다고 했다. 그래서 나는 녹즙이 터무니없는 액체라고 생각하지. 그렇구나, 해조야. 응. 나도 배달 일을 해볼까, 치킨 같은 거. 자전거로 배달하는 걸 누가 반겨. 역시 그렇겠지. 확실히 그럴 거야. 해조야. 응. 우리 철이도 그렇게 없어지고 말았지. 철이가 누구야. 나의 동생. 그렇구나……. 응.

*

슬슬 손이 아픈데요, 눈이랑 허리도 아프고요.

　나도 아프다.

　손톱이 빠질 것 같은데. 너무 부려먹는 거 아닌가요.

　또 개소리.

영이와 승수는 밤마다 이쑤시개를 들고 매실 꼭지를 땄다. 영이는 꼭지 부근을 하나하나 둥글게 도려낼 때마다 가슴이 답답해서 크게 심호흡했다. 그들이 수확한 매실은 칠십 킬로그램쯤 되었는데, 대부분 해조가 가지고 갔다. 해조네 건강원에서 매실 진액을 취급했기 때문이다. 영이는 해조로부터 녹즙 한 달 치와 터보라이터 한 묶음을 받았다. 선물이라기엔 투박했다. 해조도 보통 이상한 사람은 아니군. 승수는 남은 매실로 술과 장아찌를 담가 먹을 계획을 꾸렸다. 은박 돗자리 한편으로 매끈하게 닦인 매실이 가득 쌓였다. 원터치 텐트 천장에 단 랜턴은 조도가 낮은 제품이어서 영이는 자꾸만 침침해지는 눈을 비볐다. 더운 바람만이 간간이 불어 열을 식히는 데에는 아무런 도움이 되지 않았다. 승수의 얇고 헐렁한 티셔츠가 척척하게 젖어갈수록 묽은 땀 냄새와 비누 냄새가 섞여 풍겼다. 우리도 수박이나 사 먹을까요, 요즘은 씨 없는 수박이 유행인데요. 그런 것도 막상 쪼개보면 씨가 잔뜩이던데. 그건 씨 발아가 불량이던 시절에나 그랬던 거고요, 요즘은 안 그런데요. 뭐라고? 아니, 매실도 오래 만지면 손이 까매지냐고요. 아니다. 그렇군요. 한 알도 빠짐없이 모두 땄겠지. 매실 말인가요. 그래. 그건 불가능한데요.

바람이 불면 후드득 떨어져서 많이 놀란다.

누가요.

내가 놀란다고.

떨어지는 소리를 들을 수 있단 말인가요.

　　　　　　　　　　　　　　　　　　　　　김사사

다 들려.

어떻게 들리는데요.

사람 소리처럼.

사람 소리처럼?

걸어오는 소리처럼.

걸어오긴 누가 걸어오나요.

내 남편이.

키가 크지만 얼굴선이 부드럽고, 어깨가 둥글어서 얌전해 보이는 사람. 이상한 키다리 아저씨 분장을 해도 그 아래 멀건 얼굴이 금방 떠오르는 사람. 고개는 한쪽으로 기울어졌고, 털럭털럭 걷는 사람. 그건 승수가 기억하는 구포의 모습이었다. 구포는 일대에서 소문난 키다리 아저씨였는데, 그의 손길이 워낙 섬세했기 때문이다. 길쭉한 풍선을 이리저리 엮어가며 다룰 때면 더욱 침착하고 신중해지던 구포는 풍선을 가지고 어떤 동물도, 과일도, 문양도 만들어낼 수 있었다. 또한 그는 한여름 날 분수대가 있는 근린공원 미루나무 아래 앉아 있던 승수의 어깨 위로 떨어진 매미를 떼어준 사람이기도 했지만, 그런 것은 승수의 마음을 움직이는 데 별 영향을 끼치지 못했다. 구포가 한 걸음 내디딜 때마다 언제나 그의 몸체는 한 방향으로 쏠리며 팔랑팔랑 흔들렸다. 승수는 그런 구포의 고개와 휘어지는 몸체 같은 데 시선이 갔다. 곧 쓰러질 것 같은데 중심을 잡고야 마는 몸짓에. 맨몸으로 서 있기만 해도 그랬지만, 키다리 스틸트 위로 올라서고 나면 그 몸짓은

더하였다. 구포를 따라 고개를 기울이고, 몸을 휘어보면 세상이 달라 보였다. 구포는 그런 승수의 말을 끝내 이해하지 못했으나 좋은 게 좋은 거라고 웃었다.

그들이 한집에 살게 되었을 무렵에는 전국적으로 본드와 니스가 유행했다. 까만 봉지에 얼굴을 가져다 댄 아이들이 뒷산에서 흐늘거리거나 쿵쿵 뛰어다니다 발견되는 일이 잦았다. 그즈음 일대에서 크고 작은 산불이 몇 번 났다. 어느새 구포는 친절하고 섬세한 키다리 아저씨보다 풍선을 가지고 비강 흡입형 마약을 거래하는 파렴치한이 되어 있었으므로 스틸트에서 내려올 수밖에 없었다. 구포는 언젠가 돌아갈 거야 언젠가, 하며 벽장에다 스틸트를 보관했다. 그런 뒤 학습지 세일즈맨으로 지냈고 방문판매에 열심이었다. 학습지 회사가 망하고서는 등산화 공장에서 다이얼로 끈을 조이는 등산화를 조립했는데, 다이얼을 돌리고 돌리며 양품과 불량품을 분류하다 손이 크게 상할 때쯤 공장 생활을 끝냈다고 했다. 승수가 에어로빅 학원을 개원할 참에는 구포가 총무 역할로 상주했고, 강좌가 끝난 에어로빅실을 쓸고 닦았다. 그러는 동안 구포의 고개는 조금씩 조금씩 기울기를 더해갔고, 미세하게 휘어졌던 몸체는 바람에 나부끼는 풍선처럼 강하게 굴절했다. 승수는 그 모든 일을, 천천히 기울어가는 구포를 가장 가까이에서 지켜보았으므로 과일 트럭을 몰아보겠다는 구포의 말에 곧바로 포터 한 대를 마련해주었다. 그리고 유순한 얼굴의 구포는 기어이 포터를 몰고 멀리 사라졌다.

김사사

승수가 손가락으로 매실 꼭지를 튕겨내며 말했다. 그래서 마당이 필요한 거다. 돌아오게 되면 마당 한 바퀴 걸으면서 오래오래 생각하라고. 언제 올 줄 알고요. 그리고 또, 네가 집에 가면 나 혼자 여기서 에어로빅을 하지. 오기는 하는 거냐고 물었어요. 그래서 너를 불렀다. 나를 왜요. 외롭다니까. 플라스틱 대야에 고분처럼 쌓였던 매실이 사라지자 바닥이 보였다. 자라다 만 작은 알맹이들만 굴러다녔다. 영이가 그것들을 두 손에 모아 들고 모양새를 살폈다. 울퉁불퉁한 표면 위로 작고 까만 구멍이 송송 나 있었다. 이걸 좀 봐요. 영이가 랜턴 아래로 손을 내밀자, 연둣빛이던 알맹이들이 아주 잘 익다 못해 시기를 놓쳐 물러 터져버린 열매처럼 노랗게 물들었다. 승수도 고개를 들이밀었다. 이건 벌레 먹은 구멍이다. 작고 까만 구멍들이 제법 깊어서 무언가 캐내고 남은 구덩이 같았다. 하나같이 벌레는 없었다.

*

수동식 잔디깎이가 길게 자란 잔디를 밀어내고 전진할 때마다 영이의 몸이 좌우로 흔들거렸다. 몸을 씻어내자 다리가 가벼워진 듯했고, 하늘 자전거가 유난히 잘 돌아갔다. 허공에 두 다리를 휘저으며 무언가 그럴싸하다는 기분을 느낀 것이 아주 오래 전 일처럼 생각되었다. 목제 대문 집에 대한 상상 역시도. 그녀의 다리가 회전할 때마다 어쩐지 턱관절이 함께

빠듯해졌다. 나중에는 얼굴이 달아오르기 시작했는데, 곧 부풀어 터질지도 모른다는 이상한 예감에 하는 수 없이 다리를 바닥에 내려놓았다. 그러나 그것도 그런대로 좋았다. 영이는 제 두 볼을 천천히 문지르며 물렁물렁한 철이의 정수리를 떠올렸다. 철이의 그곳은 아직 숨구멍이 있을지도 모른다고 믿어질 만큼 부드러웠다. 기능을 소실하고 흔적만 남은 반쪽짜리가 아니라 완전한 숨구멍. 영이는 무엇보다 철이에게 제대로 된 유머집을 만드는 데 성공했는지 물어보고 싶었다. 정말 그렇게 되었다면, 그녀는 수많은 유머집 사이에서 철이의 것을 한눈에 알아볼 자신이 있었다. 더 어두워지기 전에 자전거를 타고 승수에게 가볼까 했지만 몸이 고단해 엎드려 누웠다. 언젠가 승수에게 마당에서 에어로빅 하는 모습을 보여달라고 할 것이다.

담금주는 가을이나 되어야 열어볼 수 있다고 했다. 영이는 술을 만드는 데 그만큼의 설탕이 들어간다는 사실을 처음알았다. 눈앞에서 설탕을 들이붓는 광경을 지켜보고 있자니꽤 놀라웠는데, 해조 역시 놀랐을 거란 생각이 들자 설핏 웃을 수 있었다. 그래도 장아찌는 곧이었다. 승수는 장아찌를올린 비빔국수가 별미일 거라고, 그러니까 기대하라고 했다. 조만간 목제 대문 집에 갈 것이다……. 이제는 정말 돌려줄것이다……. 그러나 자전거를 훔친 소년을 떠올리면 모든 일을 나중으로 두고 싶었다. 마당에서 스프링클러가 돌아가기시작하자 그녀는 머릿속으로 마당을 그려보기 위해 골몰했

김사사

다. 새삼스레 그 마당이 너무나 넓게 느껴졌다. 한평생을 걸어도 발자국을 찍지 못한 곳이 있을 만큼. 그러고는 어디선가 둠둠둠 하는 소리가 들렸다. 이것은 붐박스 소리가 아닌가 싶었는데, 조금 더 귀를 기울이자 오토바이가 진동하는 소리처럼 들리기도 했다. 그렇다면 해조가 가까이 와 있나. 지금 해조가 여기에 있나. 그런데 멀리에는 과일을 잔뜩 실은 포터가 비뚜름하게 주차되어 있고, 승수네 마당 가장자리에 몸이 한쪽으로 기울어진 남자가 나타나 천천히 원을 그리며 거닐었다. 기우뚱 기우뚱 기우뚱. 나는 언제까지 자전거를 탈 수 있을까. 한번쯤 빗속에서 페달을 밟는 것도 괜찮겠다. 영이는 우중 운전에 대해 깊이 생각했다. 이내 허기가 몰려왔다.

권능

공현진

1

내가 태어난 지 백일이 되었을 때, 초희 이모는 엄마에게 은목걸이를 선물했다. 내 이름과 전화번호가 적힌 평범한 미아 방지 목걸이였다. 독특한 것은 엄마의 번호가 아닌 이모의 번호가 적혀 있다는 것이었다. 하지만 그 이유가 엄마와 초희 이모 사이에선 당연한 것이어서, 둘에겐 독특한 일이 아니었다. 갑자기 전화가 오면 너는 못 받을 수도 있잖아. 시간이 많고, 아무 때나 달려 나갈 수 있는 초희 이모의 번호가 적힌 것은 당연했다. 엄마는 기뻐하며 은목걸이를 내 목에 걸어주었다.

목걸이에서 이상한 흔적을 알아챈 건 시간이 꽤 지나서였다. 엄마는 초희 이모의 말에 따라 내 옷을 갈아입히거나, 나를 목욕시킬 때도 내 몸에서 은목걸이를 떼어내지 않았다.

공현진

유치원에 갈 때까지 나는 그 목걸이를 하고 있었다. 어릴 적 사진을 보면 나는 기저귀만 찬 상태로 배까지 은목걸이를 늘어뜨리고 있다. 사진 속 목걸이는 자그마한 직사각형 형태로 형광등 빛을 반사하며 새하얀 빛을 뿜어내고 있다. 부모님은 내가 네 살이 되자 선교 유치원에 보냈다. 엄마는 같은 유치원에 아이를 보내는 학부모들과 모여서 성경 공부를 했다. 그 성경 모임에 속한 한 여자가 내 목에서 빛나던 목걸이의 뒷면을 만지작거리다가 손끝에 느껴지는 미세한 감각을 느꼈다.

"사모님, 이게 뭐예요?"

여자가 뒤집어 깐 목걸이의 뒷면을 보기 위해 엄마는 입에 대려던 커피잔을 내려놓았다. 아무것도 보이지 않았다. 엄마는 목걸이에 바싹 붙어 뒷면을 보았다. 가까이서 보니 음각으로 새긴 자국이 있었다. 엄마는 시력이 좋았다. 그런데도 그동안 아무것도 없는 것이라고 생각해 아무것도 없었던 뒷면은, 곧 뭔가가 있는 것이 되었다. 집요하게 바라보자 음각은 정체를 드러냈다. 선명하고 분명하게. 엄마는 소리를 내질렀고, 커피잔을 밀쳐 엎었다. 시력이 좋은 여자들은 엄마 말고도 더 있었다. 망측하다고 여자들이 소리쳤다.

부적이 확실했다. 부적이 쌀알만 한 크기로 새겨져 있었다. 부적이 각인되어 있던 것과 또 그 부적의 의미를 알고, 엄마는 황급히 목걸이를 낚아채버렸다. 그 바람에 내 목에 상처가 났고, 나는 울었다. 엄마는 여전히 미안해하며 그 일에 대해 자세히 설명하곤 했다. 나로서는 어릴 때 울었던 일이야

당연히 기억나지 않았고, 목 뒤에 난 상처는 잘 보이지도 않았다. 실제로 상처는 거의 남아 있지 않았다. 그런데도 엄마는 살갗 아래 상처가 파묻혀 있는 것처럼 내 목덜미를 쓰다듬으며 미안해했다. 정작 이모는 대수롭지 않아 했다. 이모에따르면, 애 좀 같이 서자는 절박한 마음을 뭉개버리는 이기적인 동생이 바로 나의 엄마였다.

이모에게 선물 받은 은목걸이의 정체를 알고 나서 엄마가 달려가 화를 내자, 이모는 더 크게 화를 냈다. 겨우 그걸 갖고 지랄을 한다고. 엄마에 따르면, 이모는 몹시 서운해하며 두 달 넘게 엄마에게 말도 걸지 않았다. 엄마와 이모는 같은 빌라 위아래 층에 세 들어 살았다. 계단을 오르내리며 하루에도 여러 번 마주쳤지만, 이모는 입을 꾹 다물고 심통이 난 얼굴로 엄마 곁을 지나갔다. 먼저 말을 건 사람은 엄마였다. 엄마는 빨래를 가지고 옥상으로 갔다가, 먼저 빨래를 널고 있던 이모에게 다가갔다. 빨랫줄에 걸린 바지 다리들이 춤추듯 널뛰었다.

나는 개랑 완전히 갈라서려고 마음먹었어, 초희 이모의 말이었고 나도 마음 같아서는 말 걸고 싶지 않았지 하지만 언니인데 별수 있니, 엄마의 말이었다. 엄마는 나를 돌봐줄 사람이 필요했다. 엄마는 교회 여자들을 데리고 성경 모임, 전도 모임을 이끌어야 했다.

초희 이모는 나의 셋째 이모였다. 엄마와는 열 살 터울이

났다. 그래서인지 엄마는 이모에게 항상 깍듯하게 존댓말을 썼다. 자매라기보다는 웃어른을 대하는 태도 같았다. 엄마가 이모를 그렇게 대하는 것은 나이 차이 때문만은 아니었다. 엄마는 이모를 마치 자신의 엄마처럼 대했다. 이모가 돌아가신 외할머니와 판박이처럼 닮았다고, 엄마는 말했다. 특히 보통이 아닌 성격이 그렇다고.

초희 이모는 스물둘에 결혼을 했다. 아무리 옛 시절이어도 이른 나이였다고 이모는 말했다. 이모는 아이도 일찍 낳기를 바랐지만, 마흔이 넘을 때까지 갖은 노력에도 임신이 되지 않았다. 이모는 무속의 힘에 의지했고, 유명하다는 점집을 찾아다녔다.

"내가 안 가본 데가 없을 거다. 내가 안 가본 데면 별 시원찮은 데고."

무용담을 늘어놓듯 이모는 과거에 자신이 용하다는 점쟁이를 쫓아 전국을 누볐던 이야기를 들려주곤 했다. 이모가 묘사하는 신당의 불빛과 굿하는 장면들은 나를 두려움에 전율하게 했지만, 나는 밤새 불을 켠 채 잠들지 못할지언정 그 이야기를 놓치고 싶지 않았다. 이게 뭔 줄 아냐, 하면서 이모가 내놓는 물건들은 하나같이 진귀하고 음침해 보였다. 벼락맞은 대추나무 가지를 보여주며 이모는 이건 진짜라고 강조했다. "다른 것들은 다 가짜야. 가짜로 만든 거야. 이건 돈 주고도 못 산다." 나는 엄마와 아빠가 사기를 치는 게 그렇게 쉽다고, 참 미련하다고, 대화하는 것을 들은 적이 있다. 이모가 삼백만 원을 주고 샀다는 벼락 맞은 대추나무 가지를 두고 하는 말이었다. 어린 나는 그냥 쳐다보기에도 끔찍한 나뭇가지가 엄마 아빠에게 해를 가하면 어쩌나 겁을 먹었다. 한편으로는 나뭇가지의 누명을 벗겨주고 싶은 마음에 부모님이 작은 벌을 받기를 바라기도 했다.

문제의 은목걸이 사건 이후 한 해가 지나서, 초희 이모는 간절히 바라던 아이를 임신했다. 이모는 입버릇처럼 '어렵게 가진 귀한 아이'라는 말을 자주 했다. 그런 말을 들을 때면 나는 뒤틀린 심사로 생각했다. 나는 그럼 쉽게 가진 아이란 말인가. 쉽게 가진 아이는 덜 귀하단 말인가. 이모는 어렵고 귀한 아이를 가질 수 있었던 것이, 그때 내 목에 걸어주었던 은목걸이 때문이었다고 믿어 의심치 않았다. 후에 교회에 나와서도 그렇게 믿었다.

아이를 낳고 나서 초희 이모는 교회에 다니기 시작했다. 엄마의 질긴 전도 때문이었는지, 이모의 절박한 마음이 교회로 향하게 한 것인지는 알 수 없다. 내가 알기로 이모는 기독교에도 무속에도 절실히 매달렸고, 각각의 공간에서 모두 진심을 다했다.

무당은 이모에게 태어난 아이의 명이 길지 않다고 말했다. "남자를 조심해야 해." 아이는 남자가 없어야 사는 팔자를 갖고 태어났다고 경고했다. 무슨 그런 사주가 다 있느냐고 이모는 교회에 와서 분통을 터뜨렸다. 엄마는 귀신의 말에 속지 말라고 하며 이모와 같이 기도했다. 강대상 앞 차가운 대리석

　　　　　　　　　　　　　　공현진

바닥에 두 사람은 매일 자주색 방석을 깔았다. 이모는 엄마의 손을 붙잡고 울부짖었다. 개 같은 무당 년 내가 질 것 같으냐, 그 뱀 같은 무당 머리를 박살내주시옵소서. 하지만 이모는 무당의 말을 믿었다. 그 말, 남자를 조심해야 한다는 말. 그 말이 강보처럼 이모를 휘감았다. 이모는 자신의 딸이 결국 남자 때문에 죽을지도 모른다는 공포에 사로잡혔다.

이모는 강박에 시달렸다. 그래서 갖가지 금기와 제약을 만들어 딸인 솔에게 부여했다.

첫째, 남자와 어울리지 말 것.

둘째, 부모에게 거짓말하지 말 것.

셋째, 사람 많은 곳에 가지 말 것.

넷째, 물을 조심할 것.

다섯째, 횡단보도 바로 앞에 서 있지 말 것.

……열아홉째, 맨홀 뚜껑을 밟지 말 것.

그 가운데 하나는 나와 반드시 붙어 있어야 한다는 것이었다. 이모는 내가 솔 옆에 꼭 붙어서 솔에게 남자가 다가오는 것을 막아주길 바란 듯하다. 이모는 솔과 내가 떨어져 있는 것을 극도로 싫어했다. 솔이 다른 친구들과 놀이터에서 놀고 오거나 나와 같이 놀다가도 내가 먼저 집으로 돌아오면, 이모는 솔을 다그쳤고 나에게도 화를 냈다. 너는 동생을 돌보는 게 그렇게 귀찮으냐? 나는 네 엄마를 한시도 떼어놓은 적이 없어. 그러면서도 솔과 나를 비교하며, 나로 하여금 솔과 한시도 붙어 있고 싶지 않도록 만들었다. 초희 이모는 자신의 딸을 칭찬하고 싶을 때 칭찬만 해도 된다는 걸 모르는 사람이었다. 언제나 비교 대상이 되는 건 나였다. "그런데 얘 코는 정말 왜 이렇게 납작해? 우리 집엔 이런 인물이 없는데." 그렇게 말해도 된다고 여기는 사람이었다. 나는 사실을 말할 뿐이야, 하는 식이었다.

이모는 무당의 말이 이루어질까 봐 두려워했다. 오직 그 말 하나에 모든 신경이 집중되어 있는 듯했다.

"명이 짧아."

그 말은 초희 이모에게 날아들어 박혔다. 떼어낼 수가 없는 것이었다. 그리고 그 박힌 말에서 비롯된 공포를 이모는 전염병을 퍼뜨리듯 온 곳에 퍼뜨리고 다녔다. 특히 자신의 딸과 그 옆에 꼭 붙어 있기를 바란 나에게.

무당은 솔의 명이 초등학교에도 들어가지 못할 만큼 짧다고 했다. 하지만 솔은 고등학교까지도 갔다. 그리고 별 탈 없이 졸업했다. 학교에 입학하고 졸업할 때마다 이모는 기적이라고 말했다. 이모는 교회에 감사 헌금을 냈고, 또 번번이 무당을 찾아갔다.

"대학은 무슨, 없는 팔자야."

무당의 그 말도 틀렸다. 무당은 솔이 대학에도 가지 못할 거라 했지만, 솔은 대학에 갔다. 솔의 대학 생활은 평탄해 보였다. 이모의 제약에 따라 솔은 연애도 할 수 없었고 터무니없는 통금 시간도 있었지만, 나름대로 대학 생활을 즐겼다. 친구들과 강의를 듣고 공강에는 떡볶이를 먹고, 유행하는 스티커 사진을 찍고 카페도 돌아다녔다. 친구 문제로 내게 상담을 요청하기도 했다. 솔은 2학년이 되어 과 엠티를 갔다. 그리고 그때, 솔은 죽었다. 솔이 죽자 이모의 공포는 확신이 되었다. 이모는 결국 무당의 말대로 되었다고 믿었다.

초희 이모는 더욱 열심히 교회에 나오게 되었다.

2

"너는 그게 뭐냐."

초희 이모는 나를 보면 늘 이렇게 말했다. 뒤에 붙는 내용은 수시로 바뀌었는데 시작하는 말은 늘 같았다.

이모는 내가 무얼 하든, 무얼 입든, 무얼 먹든 탐탁지 않아 했다. 그딴 걸 옷이라고 걸치고 다니냐는 둥 손톱까지 살이 찐 것 같다는 둥 공부만 해서 멍청이가 됐다는 둥 이모의 막말은 상황과 맥락을 가리지 않고 튀어나왔다. 밤 아홉 시만 되어도 이모의 전화가 쉴 새 없이 걸려왔다. 지금이 몇 시인데 아직 안 들어오고 있냐며 이모는 화를 냈고, 막상 헐레벌떡 밤 골목을 달려와 대문을 열면 위층 창문에서 고개를 쏙 내민 이모가 아래를 보며 말했다. 누가 널 쫓아오냐, 유난이다. 그리고 다음 날이면 어디서 뭘 하고 돌아다니는 거냐고 화를 내며 전화했다.

딸이 죽은 후로 이모는 내게 집착했다. 솔에게 부여됐던 금기와 제약들은 그대로 내게 옮겨왔다. 나는 물이 많은 곳에 가면 안 되었고, 사람이 많은 곳은 낮이든 밤이든 피해야 했다. 한번은 횡단보도 앞에서 신호가 바뀌기를 기다리며 맨홀 뚜껑 위에 서 있다가, 건너편에서 다가온 이모에게 뺨을 맞았다. 나는 이모로부터 늘 벗어나고 싶었지만 그럴 수 없었다. 대신 이모와 관련된 말들을 듣고 수집하는 걸 즐겼다. 숨 쉴 곳을 찾아다니는 거였다. 누울 자리를 보고 눕듯이. 예배가 끝난 후 사람들이 모인 교회 입구, 횡단보도 앞에 놓인 그늘막 아래, 구역 예배를 드리러 온 집사님들이 앉아 있는 베이지색 러그 위. 초희 이모에 대한 말들이 모인 곳에서 이모와 멀어지는 기분을 만끽했다. 그 말들은 대부분 이모에 대한 흉이었기에. 걱정의 형태를 띠고 있지만, 한 겹 벗기고 나면 매끈하게 드러나는 비난들. 아이를 잃고도 동정과 측은함을 느끼게 하지 않는 여자. 그 틈을 주지 않는 여자. 이모는 누구에게나 무례했다. 이모가 퍼부었던 말들은 결국 이모 자신에게로 되돌아왔는데, 이모는 그 사실을 몰랐다. 개의치 않았을 수도 있다.

하지만 이모가 사람들에게 불쌍해지지 않는 것은, 그 결정적 원인은 실은 다른 데 있다고 나는 생각했다. 그건 이모가 스스로를 불쌍히 여기지 않기 때문이었다. 아이를 잃고 얼마 지나지 않아 남편도 죽었다. 남들이 보기에 불쌍한 것이 명백한데 이모는 스스로를 박복하게 여기지 않았다. 그럼 별수 없었다. 동정이 공포와 혐오로 넘어가는 건 쉬운 일이었으니까. 예상을 벗어난다는 것은 해명되지 않는 꼬리의 잔상과도 같았다. 누군가에게는 뱀, 누군가에게는 쥐. 곡선으로 사라지는 꼬리들. 본 것이 분명하지 않아도 소름 끼치는 감각만은 우리를 파고든다. 정확하게 보지 못했어도 아니, 그 정확하게 보지 못했음으로 인해 징그러움이 자란다.

　이모는 임무를 치르듯 딸의 장례식을 완수했고, 그 이후로 다른 사람들 앞에서 솔에 대한 말을 일절 꺼내지 않았다. 이모의 입에서 나오는 건 언제나 나였다. 나를 아는 사람에게든 나를 전혀 모르는 사람에게든 이모는 내 얘기를 늘어놓았다. 나의 칠칠치 못한 행동과 비난받아 마땅한 야박함에 대해. 이모는 온종일 온 곳에서 나에 대해서만 떠들었다. 그것이 사람들에게 혐오와 공포를 일으킨다는 걸 이모는 알았을까 몰랐을까. 정말 몰랐을까.

　솔아, 너도 이제 성인이잖아.
　꿈에서 나는 같은 말을 반복하는 나를 만났다. 언니, 나는…… 그런 게 아니라……. 솔이 그렇게 말하면 나는 여지없이 잠에서 깼다. 우리의 대화는 늘 같았고 장소는 달랐다. 절벽에서, 바다에서, 길을 잃은 산속에서. 나는 솔에게 매번 같은 말을 했고, 솔은 대답을 잇지 못했다. 나는 번번이 솔의 말을 끝까지 듣지 못한 채 꿈에서 깼다. 어릴 적 내가 심드렁하게 굴수록 솔은 더 나를 따라다녔다. 어느 순간 나는 그것이 관계의 우위를 점하는 방법이라는 걸 깨달았다. 이모와 엄마를 보면서도. 꿈에서조차 솔의 이야기를 듣지 않는 나에게 아연함을 느꼈다. 한기가 돌았다.

　새벽에 눈이 떠지면 나는 다시 쉽게 잠들지 못했다. 방음
이 잘되지 않는 주택이었다. 그리 멀지 않은 집에서 갓난아이
우는 소리가 들려왔다. 술 취한 사람이 골목에서 고함을 쳤
고, 오토바이와 자동차 소리가 들렸다. 먼 거리의 소리와 가
까운 거리의 소리가 교차했다. 곧 거실의 냉장고 소리와 시곗
바늘 돌아가는 소리도 귓속으로 파고들었다. 그러다 보면 이
모가 대문을 열고 들어오는 소리가 들렸다. 거실로 나가면 이
모가 가방을 한쪽 어깨에 메고 소파에 앉아 있었다.

　"잠이 안 오냐?"

　이모는 내게 물었다. 메마른 목소리였지만 나는 그 목소
리가 때때로 다정하게 느껴졌다. 부엌에서 물을 한 잔 따라
마시며 고개를 끄덕였다. 어떤 새벽에는 이모에게 악몽을 꾸
었다고 말하고 싶었다. 어릴 적 내가 꿈에 대해 이야기하면
이모는 언제나 그 꿈들을 해석해주었고, 나는 신이 나 아침이
면 이모에게 전날 꾼 꿈을 들려주었다. 악몽에서 나를 꺼내준
건 늘 초희 이모였다. 꿈속에서 나는 번번이 사고를 당했다.
절벽에 놓인 그넷줄이 끊어지는 순간에, 폭우와 홍수로 부서
진 집에서 탈출하지 못하고 있을 때, 쫓아오는 괴한보다 느려
지는 발걸음을 느꼈을 때, 이모는 나를 흔들어 깨웠다. 이모
는 그 꿈들의 의미를 모두 해석해주었다. "나쁜 꿈이야. 하지
만 나쁘다고만은 할 수 없는 꿈이야." 악몽에서 헤매다 깨었
을 때 나는 엄마가 내 앞에 있기를 바랐지만, 엄마는 교회에

가 있었다. 나는 엄마가 여기 없다는 아쉬움과 분노를 삭이며, 내 등과 어깨를 쓰다듬는 이모에게로 파고들었다.

하지만 이제 나는 이모에게 꿈의 내용들을 옮길 수 없다. 곧 엄마가 방에서 나왔고, 엄마와 이모는 같이 새벽기도를 갔다. 나는 문을 열고 두 사람의 뒷모습을 바라보았다.

이모는 다른 이들 앞에서는 솔에 대해 말하지 않았다. 하지만 오직 한 사람, 내 앞에서만 솔의 이름을 꺼냈다. 마치 나와 이모만이 솔의 이름을 나누어 가져야 한다는 듯이. 매달 마지막 주 토요일이면 이모와 나는 목욕탕에 갔다. 원래는 솔까지 셋이 다녔던 월례 행사 같은 거였다. 솔이 죽고 두 번의 계절이 지나자, 이모는 우리들의 행사를 부활시켰다.

"목욕이나 가자."

문을 두드리는 소리에 대문을 열자 파란 목욕 바구니를 든 초희 이모가 서 있었다. 우리는 목욕탕으로 향했다. 가던 길에 슈퍼에 들러 다섯 개가 묶인 요구르트 한 줄을 샀다. 습하고 축축한 목욕탕에 들어가서 이모와 나는 목욕탕 의자와 대야에 비누칠을 했고, 몸을 씻고 탕에 들어갔다. 김이 서린 거울을 앞에 두고 때를 밀면서, 이모는 꼭 한마디씩 내 가슴을 할퀴는 말을 했다. 이전처럼 나와 솔을 비교하는 말을. 더욱 견디기 힘들고 불편했던 건 이모가 솔의 죽음을 왜곡하는 것이었다. 이모는 솔이 결국 남자 때문에 죽었다는 말을 아무렇지 않게 했다. "나는 다 알고 있었어."

처음부터 그런 건 아니었다. 오래전 몸에 물을 끼얹으면서 이모는 말했다. 놀다가 죽었다고 뭐라 하더라. 처음 이모가 그런 말을 어조도 없이 단조롭게 내뱉었을 때 나는 놀랐다. 이모는 인터넷도 잘 못하는데 어디서 그런 말을 보았을까. 그런 거 찾아보지 마요. 나는 대답했다. 안 찾아봐도 보인다. 안 찾아봐도 들리고. 이모는 무심하게 말했다. 우리는 말없이 목욕을 했다. 가끔은 멍한 눈으로 아무도 없는 탕을 바라보며 이모는 조용히 중얼거렸다. 그 말들이 용서가 안 돼. 다 불태워 죽여버리고 싶어. 나는…… 그래서 교회에 간다. 교회에 가는 것이 그런 자신의 마음을 잠재우기 위해서라는 건지 아니면 그들이 불타 죽길 기도한다는 건지 알 수 없었다. 이모라면 후자일 거라는 생각이 들었다. 하지만 묻지 않았다. 우리는 함께 견뎌야 했다. 솔에 대한, 솔을 알지 못하는 이들이 하는 말들을. 나는 우리가 함께 목욕탕에 가는 시간이 그런 것이라고 여겼다.

그랬던 이모는 어느 순간부터 조금씩 솔의 죽음을 왜곡하기 시작했고, 결국 그 무당의 말이 맞았다고 말했다. 흘려들어선 안 됐어. 단 한 번도 무당의 말을 흘려들은 적이 없었던 이모는, 자신의 잘못이 무당의 말을 흘려들은 일인 것처럼 말하기 시작했다. 나는 이모가 내 앞이라서, 오직 내 앞에서만 일부러 그런다는 의심이 들 때도 있었다. 그런 의심이 마음을 할퀼 때면 이모를 견디기 힘들었지만, 나는 다음 달이면 또다시 목욕 바구니를 들고 현관 앞에 서 있는 이모에

공현진

게 못 가겠다는 말을 하지 못했다. 그래도 목욕탕을 벗어나면 이모는 솔에 대해 말하지 않았다. 습한 물기가 무겁게 공기를 짓누르고 있는 곳에서만 솔의 이름이 오갔다. 그래서 나는 예상이 가능한 장소에서, 예상할 수 있는 만큼만 감당하면 되었다.

목욕을 마치면 이모와 나는 시장에 들러 콩나물국밥을 먹고, 가마솥에 구운 김과 커피를 사서 집으로 돌아왔다. 솔이 있던 때와 다름없이.

이모와 함께 있는 것이 쉬운 일은 아니었다. 나는 이모가 나에 대한 적의를 숨기지 않는다고 느꼈다. 이모는 내게 집착하면서도 나를 미워했다. 하루는 새로 온 세신사가 이모와 내게 친근하게 말을 걸었다. 내가 요구르트에 빨대를 꽂아 이모에게 건네던 참이었다.

"요즘 딸들은 엄마랑 이렇게 안 오는데 부러워라."

이모와 나는 동시에 세신사 쪽으로 고개를 돌렸다. 그 말에 나는 희미하게 웃었는데, 이모는 지나치게 발끈하여 쏘아붙였다.

"아줌마, 뭘 그리 남한테 관심이 많아요?"

이모의 날카로운 목소리가 목욕탕에 쩌렁쩌렁 울렸다. 명랑하게 웃던 세신사의 얼굴이 일그러졌다. 세신사는 황당한 얼굴로 이모가 아닌 나를 쳐다보았다. 이모는 입에 대지도 않은 요구르트를 바닥에 던지듯 내려놓았다. 세신사는 문을 열고 탈의실 쪽으로 나가버렸다. 곧 문밖에서 사람들의 거친 웃음소리가 들려왔다. 이모는 중얼거렸다. 재수가 없으려니까. 나는 얼굴이 화끈거렸다. 벌거벗은 채 멍청한 얼굴로 요구르트를 한 손에 쥐고 있는 내 모습이 거울에 비쳤다. 나는 요구르트의 뚜껑을 모두 벗겨 바닥에 쏟아부었다.

목욕탕을 나와서 나는 이모에게 말했다.

"이모, 제발 그러지 좀 마요."

"내가 창피하냐?"

이모의 목소리는 걷다가도 뒤를 돌아볼 정도로 컸다. 길을 지나는 사람들이 우리를 쳐다보았다.

"너는 내가 창피하냐?"

이모의 카랑카랑한 목소리가 나를 쪼개버리고 말 것 같았다. 이모는 화가 난 얼굴로 목욕 바구니를 들고 먼저 가버렸다. 목욕 바구니에서 떨어진 물들이 길을 따라 점으로 이어졌다. 얼룩진 점선들을 쫓아가면서 나는 다른 곳으로 벗어나고 싶었다. 나도 할 만큼 했다는 울분이 차오를 때쯤 집에 도착했다. 나는 이모가 있는 삼 층을 흘끗 올려다보다 집으로 들어갔다. 다음 날 이모는 아무렇지 않게 우리 집 소파에 앉아 있었다.

"네 엄마는 또 집에 없다. 어딜 그리 돌아다니는 건지."

이모는 우리 집 거실에 앉아 텔레비전을 보았다. 어릴 때 이모는 내게 텔레비전을 볼 수 있게 해주는 사람이었다. 엄마는 텔레비전을 못 보게 해, 나는 위층으로 올라가 솔이랑 텔

공현진

레비전을 보는 자유를 누렸다. 티브이도 못 보게 하고 너무하
네. 이모가 장난스레 엄마 흉을 보면 나와 솔은 키득키득 웃
었다.

하지만 어느 순간 이모의 말들은 나와 엄마를 갈라놓으
려는 것처럼 느껴졌고, 나는 점점 이모와의 대화가 불편해졌
다. 이모에게서 나오는 엄마에 대한 말들은 듣기 거북했다.
나는 이모가 내게 왜 그런 말들을 토로하는지 그 이유를 알고
있었다.

이모는 열일곱 살에 서울에 올라와 식모 일을 구했고, 동
생들이 하나둘 서울로 올 때마다 방을 치웠다. 동생들은 이모
가 쓸고 닦은 방에서 먹고 자며 생활했다. 동생들이 서울에서
자리를 잡을 수 있던 것은 초희 이모 덕분이었다. 이모는 막
냇동생인 엄마를 특히 예뻐했다. 똑똑했지만 형편 탓에 또한
여자라는 이유로 대학에 갈 수 없었던 엄마를 자신의 인생보
다 더 구슬프게 여겼다. 이모는 자신을 따랐던 엄마가 교회에
다니면서부터 자길 무시하기 시작했다고 생각했다.

"언니, 그런 거 다 어리석은 거예요."

엄마는 무당을 찾아다니는 이모에게 그래선 안 된다고
말했다. 엄마는 이모를 깍듯하게 대하면서도 그런 일에 있어
서는 단호한 목소리를 냈다. 그 말에 이모는 네년 때문에 교
회는 절대 안 갈 거라고 소리쳤고, 그런 이모의 말에 엄마도
상처를 받았다. 지금 이모는 엄마와 함께 교회에 열심히 다니
고 있지만, 그때 엄마의 목소리와 눈빛, 그로 인한 설움을 결

코 잊지 않았다. 하지만 이모는 자신이 준 상처는 기억하지 않았다.

무엇보다 이모는 믿기만 믿으면 모든 문제를 해결해준다는, 엄마가 하는 전도의 말을 문제 삼았다. "나는 믿었어, 정말로." 목이 잠긴 채로 이모는 말했다. 이모는 엄마가 거짓말을 했다고 하면서도 교회에 나가는 것을 그만두지는 않았다.

"너는 네 엄마가 얼마나 무서운지 모르지?"

내가 아무 말도 하지 않자 이모는 해가 지고 있는 거실 창밖을 바라보며 말했다.

"네 엄마는 착해. 정말 착해. 나 같은 년이랑은 다르지."

엄마는 자신의 도움이 필요한 곳이면 어디든 찾아다니는 사람이었다. 동네에 혼자 사는 할머니 할아버지 집에 들러 청소를 해주고, 반찬을 가져다주고, 각종 공과금 업무를 처리해주었다. 이모는 말을 이었다.

"그러니까 그게 무서운 거야."

나는 그렇게 비틀린 이모의 삶이 가엾고 참 징그럽다고 생각했다.

3

나를 향한 초희 이모의 집착은 날이 갈수록 더했는데, 내가 결혼을 한다고 하자 그 정도가 더욱 심해졌다. 그 전까지는 나이가 찼는데 결혼을 하지 않는다고 성화였다. 결혼 소식을 알린 직후에는 박수를 치며 기뻐했다. 남자친구가 일요일에 일하는 것을 두고 믿음이 별로 좋지 않은 것 아니냐고 묻는 엄마에게 이모는 "얘가 어린 나이도 아니고"라며 핀잔을 주었다. 나는 이모에게 고마운 마음이 들어 눈물이 돌았다. 하지만 얼마 지나지도 않아서 이모는 번번이 심통을 부리고 트집을 잡았다. 간섭은 정도를 넘어섰다. 이모는 남자친구 부모님의 생년월일과 생시를 알아오라고 내게 요구했다. 나는 상식적이지 않다고 화를 냈지만, 이모는 그가 어떤 집안에서 자랐는지를 알아야 한다고 우겼다.

"사주가 무슨 집안 환경이에요?"

내가 진저리 치며 말했지만, 이모는 결연한 표정으로 다시 입을 열었다. "알아 와."

심지어 남자친구가 인사를 하러 오는 날이 좋은 날짜가 아니라는 것도 흠을 잡았다. 흉일이라 했다. 이삿날이나 함 들어오는 날을 잡는 건 봤어도, 그런 날짜의 길흉을 고르는 건 생전 처음 들어보는 일이었다. 상견례 날짜도 아니고 그저 남자친구가 나의 부모님에게 인사를 하러 오는 날이었다.

"텄다, 텄어."

이모는 손가락을 하나씩 접으며 아직 보지도 않은 남자친구의 점수를 깎았고, 이 결혼이 제대로 될 리가 없다는 말을 저주인 줄도 모르고 내뱉었다.

초희 이모는 드레스 자수를 문제 삼았다. 웨딩드레스 끝단부터 등까지 올라오는 나뭇잎 모양의 자수를 두고 이모는 징그럽다고 말했다.

"꼭 뱀 꼬리 같네."

그렇다고 다른 게 괜찮다는 것도 아니었다. 피팅룸 커튼이 다 열리기도 전에 이모의 찌푸린 얼굴이 눈에 들어왔다. 굵은 팔뚝이 부각된다, 조잡하다, 촌스럽다 등 내가 입어보는 드레스마다 이모는 흠을 찾았다.

"어머님이 눈썰미가 좋으시네요."

웨딩플래너와 드레스숍 직원은 고객이 어지간히도 깐깐하다는 말을 돌려 했다.

"커피도 더럽게 맛이 없네."

드레스숍에서 내준 아이스커피의 얼음을 씹으며 이모가 말했고, 그 모습은 뭔가 연극적이란 생각까지 들었다. 이모가 이빨로 얼음을 깨부수는 소리가 피팅룸 안쪽 단상에 서 있는 나에게까지 들렸다. 남자친구는 연신 고개를 젓는 이모의 옆에서 어쩔 줄 몰라 하며 내가 아니라 이모의 비위를 맞추기 위해 애썼다. 정작 진짜 신부 어머님 그러니까 나의 엄마는 오지 못했다. 웨딩드레스를 고르기 위해 서너 개의 매장을 돌아봐야 했는데 매장마다 인원 제한이 있었다. 너는 바쁘지 않냐, 내가 가겠다. 이모는 엄마를 밀어내고, 직접 자신을 나의 웨딩드레스 투어에 동참할 멤버로 정했다. 이모는 나의 결혼 준비를 위한 행렬에 모두 따라나서려 했다.

"누가 보면 자기 딸인 줄 알겠어. 내가 자기 딸이냐고."

엄마는 내 무릎을 찰싹 치며 그렇게 말하지 말라고 했다. 이모도 이모지만 나는 엄마에게 더 화가 났다. 내심 엄마가 서운하지는 않을까 싶었는데, 엄마에게서 그런 기색은 엿볼 수 없었다. 이모가 사람들에게 나에 대해 떠들고, 엄마보다 더 잘 아는 듯이 굴어도 엄마는 이모에게 아무 말도 하지 못했다. 하지 않는 건지 못 하는 건지, 엄마는 아무 말도 없었다. 뭐가 됐든 나는 이해되지 않았다. 엄마는 이모가 토라지고 화내는 것을 두려워했다. 가장 두려워한 일은 이모가 교회에 나오지 않는 것이었다. 엄마는 자신이 이모에게 아무 말 못 하듯 나 역시 그래야 한다고 여기는 것이 분명했다. 그러나 두 사람의 관계가 왜 나에게까지 흘러오는가. 그런 식으로 말하지 말라는 엄마의 말은 부당했다.

이모는 팔짱을 끼고서 벨벳 소파에 여왕처럼 앉아 아예 엄마 행세를 하고 있었다. 그리고 마침내 이모의 합격 판정이 떨어진 드레스는 실크 소재에 어깨가 드러난 오프숄더 벨라인 드레스였는데, 나쁘지 않았다. 아니, 가장 괜찮았다.

"밥은 집에 가서 먹자."

드레스숍에서 나와서 이모는 집으로 가자고 했다. 이모와 나는 주차된 차를 가지러 간 남자친구를 기다렸다. 뭘 집에 가서 먹어요, 귀찮게. 내 말에 이모는 그런 걸 귀찮아하면 안 된다고 대꾸했다. 갈비찜을 만들어놓았다고도 했다. 어제 종일 찬물로 고기 핏물을 빼느라 손이 시리다고 이모는 생색을 내듯 덧붙였다.

"날 좀 풀리면 하지."

이모는 팔짱을 끼고는 몸을 움츠리며 말했다.

"시간이 안 돼요."

말이 좋게 나오지 않았다. 나와 이모는 싸웠다 화해했다를 반복하고 있었다. 전날도 이모와 싸웠던 터였다. 대화가더는 이어지지 않았다. 맞은편 건물 난간에 아직 녹지 않은눈이 쌓여 있었다. 어디선가 아이들이 나타나 눈을 뭉쳤다.공기가 차가웠다. 이모는 남자친구가 우유부단하다며 흉을보기 시작했다. 이모가 침묵을 깨는 방식이었다. 내가 없는사이에는 남자친구에게 내 흉을 볼 것이 뻔했다. 이모는 그런사람이었다. 예상을 벗어나지 않았다. 집 앞에서 이모는 먼저내려 삼 층으로 올라갔다. 차 안에서 남자친구는 난색을 표하며 말했다.

"이모, 좀 이상하신 것 같아."

"좀이라니."

"아니, 그런 게 아니고."

"많이 이상하지. 미쳤지."

"아니……."

"왜?"

이모는 피팅룸 커튼이 닫힐 때마다 남자친구에게 정색을 하고는 말했다. 결혼을 다시 생각하라고. 멀쩡한 놈 같은데. 괜히 이상하게 팔자 꼬지 말고. 도망가랄 때 도망가. 나는 피식 웃음이 나왔다. 남자친구는 그런 나를 보고 의아해했다. 너무 예상되는 일이라서 그다지 화가 나지 않았다. 나는 그런 사람이라서 그런 말을 한 거야,라고 말하려다가 말았다.

"그냥 흘려들어. 원래 그래."

"내가 마음에 안 드신 건가?"

"아니야, 농담한 거야. 신경 쓰지 마."

"아, 그런 거야?"

남자친구는 안심한 얼굴로 차에서 내렸다.

저녁을 먹는 동안 처음에는 분위기가 나쁘지 않았다. 이모는 삼 층에서 갈비찜이 든 냄비를 들고 우리 집으로 내려왔다. 엄마도 집에 와 있었다. 아빠는 설교 준비를 하느라 교회에 있었다. 이모는 갈비찜을 데웠고, 설탕과 마늘을 넣어 끓인 달콤한 간장 냄새가 집 안을 덮었다. 남자친구는 갈비찜을 정신없이 먹었고, 엄마는 이모에게 갈비찜 레시피를 물었다. 이모는 신이 나서 고기를 고르고 핏물을 빼는 과정부터 설명하기 시작했다. 밥을 먹으며 이모는 엄마에게 내가 어떤 드레스들을 입었는지 그나마 뭐가 나았는지 설명했다. 엄마는 평온한 얼굴로 고개를 끄덕이며 이모의 말을 들었다. 마치 그것이 자신의 역할인 것처럼.

식사를 마치고 우리는 거실 바닥에 둘러앉아 과일을 먹었다. 남자친구가 솜씨 좋게 배를 깎았다. 이모는 남자친구에게 내 흉을 보았는데, 웃음기가 섞여 꼭 농담처럼 들렸다.

"고생길이 훤하네."

이모는 얘가 청소도 안 하고 수건도 화장실에 갈 때마다 쓴다며, 알고는 있는 거냐고 물었다. 남자친구는 웃으며 고개를 끄덕였다. 세탁기도 돌릴 줄 모른다더라고요, 이모님. 남자친구는 맞장구를 쳤고 두 사람은 서로 마주 보며 웃었다. 평온한 일상의 저녁은 이런 거구나, 하는 생각이 들 만큼 꽤 나쁘지 않은 날이었다. 이런 대화가 오가기 전까지는. 내 딸 같은 애를 만났어야지. 딸이 있으세요? 있었어. 그런데 죽었어. 아, 죄송해요. 아니야. 남자 때문에 죽었어, 결국. 엄마는 조용히 포크를 내려놓았다. 나는 자리에서 벌떡 일어났다. 현기증이 났다.

그 뒤로 시간이 어떻게 흘러갔는지는 기억이 나지 않는다. 아마 얼마 안 가서 남자친구가 돌아갔던 것 같다. 남자친구의 차가 골목을 빠져나가는 모습을 보고 나는 계단을 올라갔다. 천천히 계단을 올랐는데 그 시간이 아주 길게 느껴졌다. 성큼성큼 뛰어 올라가고 싶은 마음을 억누르며 한 계단씩 꾹꾹 눌러 밟았다. 발끝에서 머리끝으로 서늘한 공기 같은 것이 내 몸을 관통하여 솟구치는 기분이었다.

이모는 아직 우리 집에 있었다. 나는 이모의 얼굴을 똑바로 바라보며 입을 열었다. 내 말이 나에게서 나오는 것 같지 않았다.

"이모, 왜 거짓말해요?"

이모는 아무 말도 하지 않았다. 나는 내 감정이 이모에게

공현진

조금도 타격을 주지 못한다는 사실을 알고 있었다. 그 사실에 더욱 화가 났다. 나는 왜 거짓말을 하냐고 다시 물었고, 이모는 내 목소리가 들리지 않는다는 듯이 굴었다. 이모는 천천히 일어나서 가스레인지 앞으로 갔다. 나는 이모를 따라가 그 뒤에 섰다. 우리를 보고도 엄마는 아무 말도 하지 않았다. 그 침묵이 비겁하다고 생각했다.

"왜 자꾸 거짓말을 하냐고요. 대체 왜 그러냐고요!"

나는 소리쳤다.

"너 왜 그래."

엄마가 나를 말렸다. 이모는 냄비를 들고 현관으로 가서 신발을 신었다. 그러고는 거칠게 대문을 밀었다. 나가려다 말고 이모는 뒤를 돌아보았다.

이모 원래 그러잖아. 이모가 위층으로 올라간 후에야 엄마가 말했다. 이모는 원래 그런 사람이라는 것. 그건 맞는 말이었다. 나도 늘 그렇게 이모의 행동을 넘겼다. 이모가 솔의 죽음을 왜곡하는 건 처음 있는 일도 아니었다. 그런데 남자친구와 있던 그 순간에는 참을 수 없이 화가 났다. 왜 그렇게 화가 났을까.

나는 오랜 시간 의심했다. 이모가 누구 앞에서도 입에 담지 않는 솔의 이름을 오직 내 앞에서만 꺼내는 것은 일종의 단죄일 거라고, 나에 대한 원망과 적의가 담긴 복수일 거라고. 그런데 막상 이모가 약속된 줄로 믿었던 장소가 아닌, 다른 이가 있는 곳에서 솔의 이름을 꺼내자 나는 참을 수가 없었다.

때로는 헷갈렸다. 혹시 이모는 정말로 자신의 말이 거짓이라는 걸 모르는 걸까, 생각한 적도 있었다. 하지만 빈 냄비를 들고 차갑게 나를 쳐다보는 이모의 눈빛에서, 나는 깨달았다. 이모가 스스로의 거짓말에 대해 알고 있다는 것을.

이모는 냄비를 들고 돌아서더니 잠시 나를 노려보았다.

"남자가 아니면, 그럼."

열린 문으로 찬 바람이 들어왔다. 문이 쾅 닫히는 소리가 건물을 울렸다.

4

이제 나는 그 순간 내가 진정으로 두려웠던 것이 무엇인지 돌아본다. 이모에게 왜 거짓말을 하냐고 다그쳤지만, 사실 나는 그 대답을 들을 준비가 되어 있지 않았다.

이모에게 내가 필요하듯 나에게도 이모가 필요하다고 여겨왔다. 우리는 알았다. 솔의 죽음에 대해 서로를 탓하고 있다는 것을. 그리고 바로 그 사실이 우리가 서로를 필요로 하는 이유였다. 서로의 원망과 미움이 향할 수 있는 자리에 각자가 있어야 한다고, 있어주는 거라고 나는 여겼다. 우리가 죄책감에서 벗어날 수 있는 유일한 방법은 그것뿐이라고 나는 믿었다.

이모가 나를 원망한다고 느낄 수밖에 없는 순간들이 있었다. 나를 바라보는 이모의 서늘한 눈빛에서, 갑자기 내려앉는 차가운 말끝에서. 어떤 날은 사과를 하고 싶었고, 어떤 날에는 내 탓이 아니라고 말하고 싶었다. 이모는 솔이 과 엠티를 가기 전에 내게 그것을 좀 말려보라고 했다. 얘가 대학에 가더니 왜 이러는지 모르겠다며 은근히 내게 서운한 티를 냈다. 하지만 솔이 이모의 말을 듣지 않는 건 솔의 문제였다.

"이모, 솔도 대학생이에요. 남들 다 가는 건데 왜 그래요."

나는 솔을 내버려두라고 말했다. 솔을 위해서 한 말은 아니었다. 밤마다 솔은 나를 옥상으로 불렀다. 옥상에서 보이는 풍경이라곤 공중을 가로지르는 전선들뿐이었다. 볼품없는 그 풍경이 좋다고 솔은 말했다. 당시 솔이 내게 털어놓았던 고민들은 내게 진짜 고민처럼 느껴지지 않았다. 나는 대학을 졸업하기 위해 졸업에 필요한 시간만큼 아니, 그보다 더 많은 시간을 휴학해야 했다. 돈을 벌 시간이 필요했다. 그런 내게 솔은 자기가 좋아하는 만큼 친구가 자신을 좋아하지 않는 것 같다거나, 수업이 재미없다거나, 어떤 친구가 자기한테만 거짓말을 하는 것 같다는 이야기를 했다. 나는 속으로 생각했다. 너는 그런 거 말고 다른 걸 고민해야 하지 않을까. 나는 내심 솔을 무시했다. 수동적이고 자발적인 의지가 없어 보이는 솔을 경멸했다. 나조차도 이모의 간섭이 견디기 힘들고, 그로부터 벗어나기 위해 애쓰는데 그 모든 간섭에 항의하지 않는 솔은 아무 생각이 없어 보였다. 그게 고민이야? 내 말에 솔은 멈칫하다가 천천히 고개를 끄덕였다. 그럼 좀 더 고민해봐. 나 내려갈게. 나는 한숨을 쉬며 자리에서 일어났다. 솔은 옥상 의자에 앉아 어지럽게 교차하는 전선밖에 없는 밤의 풍경을 바라보았다.

"그리고 이모도 지금 못 말린 거면서."

"아니, 네 말은 들을 거 아냐."

이모의 말에 나는 한숨을 쉬며 말했다.

"이모, 제가 솔만 따라다니는 사람이에요?"

솔은 이모의 반대를 무릅쓰고 그토록 가고 싶어 했던 대학교 엠티에 갔다. 밤바다에 몇 명의 학생들이 뛰어 들어갔다. 그 가운데 솔이 있었다. 나는 그 모습이 상상되지 않았다. 내가 아는 솔의 모습이 아니었다. 놀러 가서 죽었다고 비난하는 사람들이 있었다. 술을 마시고 바다에 들어간 건지 확인되지도 않았는데, 그들은 그것이 사실인 것처럼 말했다. 그 밤에 바다에 왜 들어가. 술 마셨으니 그런 거지. 안타깝지만 안타깝지 않네요. 이모와 내가 서로에게 밀어낸 것은 그런 말들이었다.

내가 말렸더라면…… 하는 마음이 불쑥 일어날 때면 동시에 나는 이모를 원망했다. 이모가 싸늘한 눈빛으로 나를 바라보면 이모에게 퍼붓고 싶은 말들이 솟구쳤다. 결국 솔을 죽인 것은 당신이라고. 당신이 금기들로 솔을 얽매었기 때문이라고. 무당의 말을 믿음으로써 그 말에 힘을 부여한 거라고.

공현진

그래서…… 그 말이 이루어진 거라고. 나는 그런 말들을 퍼부어 나의 죄책감을 밀어내고 싶었다. 그게 사실이 아니라는 것을 알면서도.

이모와 나는 꽤 오래 대화를 하지 않았다. 출근과 퇴근을 하다가, 주말에 슈퍼에 가다가 이모와 마주쳤다. 이모는 입을 꾹 다물고 나를 지나갔다. 나는 엄마와는 다르다, 절대 먼저 말을 걸지 않을 것이다, 다짐하듯 스스로를 다독였다.

카페에서 계산을 하기 위해 가방에서 지갑을 꺼내는데 부적이 딸려 나왔다. 가죽 지갑에 들러붙어 있는 부적을 보고 회사 후배들은 이게 뭐냐고 했다.

"언니도 이런 거 믿었어요?"

후배들은 재밌어했다. 사주나 타로에 대한 대화들이 이어졌다. 저는 진심이에요, 저도 믿어요, 하는 말들을 주고받으며 후배들은 웃었다. 어디 괜찮은 데 있어요? 어머, 거기 저도 가봤어요. 웃음을 머금은 대화가 끊임없이 이어지는 동안, 나는 내 방에 들어와 가방에 몰래 부적을 넣었을 이모를 떠올렸다.

한때 나는 엄마와 이모의 믿음을 모두 비웃었다. 창피하게 여겼다. 그 믿음을 무지하다고, 한심하다고 여기는 것은 쉬웠다. 그런데 그 마음의 한가운데를 들여다보고자 하면, 도저히 보이지 않는 그 마음에 대해 함부로 이야기할 수 없게 된다. 자신의 삶을 어떻게든 끌어올리고자 하는 마음. 다른 세계가 아니고서는, 믿음을 믿는 일이 아니고서는 살 수 없는 마음.

언젠가 이모는 미워하는 것도 능력이라고 말했다. 미워하는 마음이 우리를 구원할 거라고 여기면서, 나는 그 말에 수긍했다. 그렇게 나를 향한 이모의 미움을 용인해야만 했다. 그래야만 그만큼 미움이 파인 자리에 나의 원망을 채울 수 있으니까. 그런데, 이 미움이 제대로 가야 할 곳으로 닿은 것이 맞을까. 문득 의심이 찾아올 때가 있었다.

그렇다면 내가 믿었던 것은 무엇일까. 의심이 번졌다.

이모와 나는 잘못된 자리에 서 있었던 것은 아닐까, 생각했다. 어떤 결심을 해야 하나. 어떻게 끊어낼 수 있을까. 나는 이모로부터 멀어지고 싶었다. 멀어지고 싶은 만큼 멀어지기 두려워하는 나의 마음을 직시하며. 그러나 그런 순간은 특별한 결단 같은 것으로 찾아오지 않았다.

나는 핸드폰으로 달력을 찾아보며 매일 결심했다. 마지막 주가 가까워져 올수록 결단한 마음을 단단하게 붙들어 매어야 한다고 나 자신에게 일렀다. 이모는 아무렇지 않게 목욕바구니를 들고 대문 앞에 서 있을 것이다. 어떤 화해도 없이. 나는 고개를 저었다.

하지만 이모를 끊어내기로 결심한 나의 마음은 하루씩 날이 지나고 점점 월말이 다가오자 무뎌졌다. 별수 없지, 이모인데, 하는 생각으로 옮겨갔다. 이래서는 안 된다고 생각하

공현진

며 나는 골목을 걸었다.

그리고 그날은 평소보다 일찍 퇴근한 날이었다. 현관문을 열고 집에 들어가자 엄마와 이모가 대화하는 소리가 들렸다. 방문이 살짝 열려 있었다. 걔가 원래 좀 그럴 때가 있잖아요. 엄마가 사과를 깎으며 말했다. 이모를 달래주는 듯했다. 엄마의 말에 이모는 뾰로통하게 대꾸했다. 걔도 성격이 보통이 아냐. 그리고 침묵이 흘렀다. 나는 지나쳐 내 방으로 들어갈 수 있었지만 침묵이 흐르는 동안 발을 떼지 못했다. 그러다 엄마가 불쑥 이렇게 말했다.

"언니, 내 아들처럼 생각해요."

나는 흠칫 놀랐다. 가슴이 철렁했다. 바닥을 딛고 서 있는데도 깊이 떨어지는 기분이었다. 내가 잘못 들은 게 아닌가 잠시 멍했다. 엄마는 오래전 집을 나가 소식이 끊긴 아들, 그러니까 나의 오빠를 말하고 있었다. 늘 모두가 감당할 수 없는 문제를 일으키고 사고를 쳤던 나의 오빠. 이제는 살았는지 죽었는지도 알 수 없었다. 그런 자신의 아들처럼 여기라는 말. 엄마에겐 위로의 말이었을 것이다.

"나도 걔가 어디서 어떻게 사는지 몰라요."

나는 안다. 엄마에게는 어떤 악의도 없었다. 딸을 잃은 언니의 고통을 줄여주고 싶은 마음에서 나온 말이었을 것이다. 나는 엄마의 천진함이 무서우면서도, 직감적으로 느꼈다. 이모와 내가 완전히 끊어지는 순간이 지나가고 있음을. 나는 두려움과 안도를 함께 느끼며 사과를 깎고 있는 엄마를 지켜보았다. 목 뒤가 아려왔다. 파묻힌 상처가 느껴지는 듯했다. 사과를 깎는 사각거리는 소리가 목덜미에 박히는 것 같았다. 견뎌. 가만히 있어. 나는 나에게 말했다.

　나는 문밖에서 그 시간이 지나가는 것을 지켜보고 있었다. 엄마, 그게 대체 무슨 말이에요,라고 외치면서 문을 벌컥 열려 하는 나의 마음을 어쭙잖게 여기며.

공현진

하지의 무능한 탐정들

하가람

이야기를 마저 들려줘요. 호정이 말했을 때 기우가 들고 있던 잔을 내려놓았다. 무슨 이야기요? 술이 약한 그의 얼굴은 와인 두 모금에 붉게 물들었다.

"살구 얘기요. 지난번에 말했던."

"살구요?"

"네."

"그런 얘기를 했나요."

"기억나지 않나요?"

기우가 고개를 저었다. 전혀요.

저녁이 다가오는 늦은 오후, 그들이 앉아 있는 와인 바의 루프탑에는 적막이 흘렀다. 주변은 빈 테이블로 가득했고 허공에 매달린 알전구만이 이따금 바람을 타고 흔들렸다. 지난주 두 사람이 방문한 중국 식당과는 대비되는 분위기였다. 그날 식당은 소란스러웠고 두 사람의 말은 소음에 묻히기 일쑤였다. 기우는 늘 그렇듯 자신이 구상 중인 추리소설에 대해 이야기하고 있었는데, 음악과 잡담이 불규칙하게 뒤섞이는 공간에서 호정은 그의 말을 놓치지 않기 위해 신경을 곤두세워야 했다. 하지만 대부분은 알아듣지 못했고 간신히 두어 마디 정도만 건질 수 있었다. 그때 들은 게 바로 살구 얘기였다. 탐정이 길에서 살구 한 알을 주우면서 시작되는 소설. 기우는 분명 그런 이야기를 쓰고 있다고 했다.

호정은 그의 기억을 일깨울 요량으로 말을 이었다.

"탐정이 담장 앞에서 살구를 주웠다고 했어요."

"그러고요?"

처음 듣는 얘기인 양 기우가 눈을 반짝였다. 그는 정말 생각나지 않는 모양이었다. 그날 마신 고량주가 독했던 탓일까. 만약 그의 말대로 애초에 살구 얘기를 꺼낸 적이 없다면, 하고 호정은 생각했다. 그렇다면 그녀가 들은 얘기는 누구의 것인지. 어쩌면 옆 테이블에서 들려온 말을 기우가 한 것으로 착각했을지도 몰랐다.

"그리고 이야기는 어떻게 되나요?"

기우가 재차 물었다. 호정은 다음 장면을 떠올려보았다. 트렌치코트를 입은 채 거리를 거니는 탐정. 탐정은 그다음 어디로 향하는가. 길에서 주운 살구를 어떻게 하는가. 호정은 작은 접시에 놓인 프레첼을 만지작거리며 머릿속을 더듬었다. 과자는 무한대의 모양을 닮았다.

∞

추리소설가 지망생이라는 기우는 종일 책상에 앉아 시간을 보내는 것이 일상이라고 했다. 그의 책상은 하얀 벽을 향해 놓여 있는데, 그 앞에서 소설에 대해 생각하면 마주하는 것은 언제나 흰 벽. 한 시간이 지나도 두 시간이 지나도 흰 벽. 이런 건 어때? 저런 건 어때? 물어도 되돌아오는 것은 그저 흰 벽으로 변함없다고. 그런 날에는 산책을 하지요. 처음 탁구장에 온 날 기우는 말했다.

"답답해서요?"

호정은 물으며 칸막이 너머로 그들을 훔쳐보는 시선을 느꼈다. 탁구장은 한적한 골목에 자리했고 수강생 대부분은 사오십 대의 중년층이었다. 젊은 남자의 등장은 이목을 끌기 충분했다. 호정 또한 그가 어떻게 이곳을 찾아온 건지 궁금한 참이었다.

아뇨. 기우가 고개를 저었다.

"갑자기 벽이 말을 걸었거든요."

그날 그가 탁구장을 발견한 건 산책길에서 한 번도 가보지 않은 골목으로 들어섰기 때문이었다. 지나가려다가 재밌어 보여서요. 호정은 레슨 신청서를 작성하는 기우를 가만히 바라보았다. 반소매 사이로 드러난 뽀얀 속살은 근육이라곤 없어 보였고, 펜을 짧게 쥐는 탓에 글씨를 쓸 때 힘이 많이 들

하가람

어가는 편이었다. 힘을 많이 주는 것치곤 글씨체가 엉망이었지만 종이를 내려다보는 속눈썹이 길었다. 그 사이로 비치는 옅은 갈색 눈동자가 투명했다.

기우의 운동신경은 형편없었다. 공은 번번이 네트에 걸려 넘어가지 못했고 스텝은 엉망이었다. 탁구는 리듬이에요. 레슨 첫날에 호정은 강조했다. 포핸드는 왼발, 오른발, 스윙. 백핸드는 오른발, 왼발, 스윙. 바운스를 타며 움직여야 한다고. 하지만 기우는 호정의 말을 이해하지 못했다. 그저 공을 치는 데 급급하여 스텝은 뒷전이었다. 결국 그는 남들보다 서브 연습을 좀 더 해야 했는데, 구장에는 그와 같은 초보자가 없었기에 주로 탁구 로봇을 이용했다. 레슨이 끝나면 그의 주변에는 주황색 공이 여기저기 흩뿌려져 있었다. 언뜻 보기에 그는 공을 치는 것보다 줍는 데 많은 시간을 할애하는 듯했다. 일주일 정도 지났을 때 기우가 물었다.

"언제까지 혼자 하나요?"

"기본기를 제대로 익히기 전에는 혼자서 연습하는 게 좋아요. 경기부터 하면 다른 사람들 말에 쉽게 휘둘릴 수 있거든요."

호정이 타일렀지만 기우는 반복하여 물었다. 얼마나 더요? 호정은 바로 대꾸하지 못했다. 그녀가 느끼기에 그가 남들과 랠리를 주고받을 수준이 되려면 적어도 두어 달은 더 연습해야 할 것 같았다. 기우는 탁구대에 라켓을 툭 내려놓았다. 이게 아닌데요. 제가 하고 싶은 건……

"진짜인데요. 진짜 탁구요."

그리고 기우는 탁구장에 나오지 않았다. 다음 날에도 그 다음 날에도. 오늘 안 오세요? 문자를 보내도 답이 없었다.

기우와 연락이 닿은 것은 그로부터 일주일이 더 지나서 였다. 그날은 호정이 전남편으로부터 문자메시지를 받은 날 이기도 했다. **방에서 내 양말 한 짝 못 봤어?** 그는 밤이면 종종 그런 문자들을 보내왔다. **아끼던 책갈피가 안 보이는데 서재 좀 뒤져봐 줄래? 결혼기념일에 받은 시계를 그 집에 두고 온 것 같아.**

문자의 내용은 매번 달랐다. 하지만 그가 반복하여 같은 말을 전하고 있다는 걸 호정은 모르지 않았다. 그러니까 그 가 머물 곳은 다름 아닌 그녀가 있는 그 집이라고. 이혼소송 은 없던 일로 하자고. 호정은 한 번도 답장하지 않았지만, 그 럴 때마다 집 전체가 흔적으로 가득하다는 사실을 상기해야 했다. 그와 껴안던 기억도, 서로를 향해 언성을 높이던 기억 도, 눈에 보이지 않는 앙금이 되어 집 안 곳곳에 자리하고 있 었다. 그것들은 유령처럼 떠올라 방 안을 부유했고 호정을 잠 못 들게 했다.

호정은 편의점으로 가 소주를 한 병만 샀다. 술병이 담긴 봉지를 든 채 동네를 걸었다. 집으로 돌아가야 하는데 걸음은 자꾸만 다른 곳으로 향했다. 한참을 걷다 골목을 돌자 그녀가 일하는 탁구장 앞이었다. 매일 드나드는 곳인데도 한밤중에 바라보는 직장은 어딘가 낯설게 느껴졌다. 창 너머는 어두웠 고 구석에 있는 비상구 유도등만이 미약하게 빛을 내고 있었다. 호정은 그 초록빛을, 옅은 빛이 모두 가닿지 못하는 탁구장 내부와 오차 없이 줄 맞춰 진열된 탁구대들을 보았다. 붙박아 놓은 듯 오래도록 변하지 않을 것 같은 풍경이었다.

그 순간 휴대폰을 든 건 왜인지 몰랐다. 무슨 일이에요? 잠시 후 긴 통화 연결음 끝에 기우가 전화를 받았을 때 호정은 스스로 되물어야 했다. 고작 탁구장에 나오라고 말할 생각은 아니었다. 산책을 하고 있다고, 그러다 나도 우연히 탁구장까지 걸어왔다는 얘기를 하고 싶은 건 더욱 아니었다. 그럼 왜 이 오밤중에 전화를 걸고야 말았을까. 설마, 하고 그녀는 생각했다. 무언가라도 털어놓고 싶었나. 그 물음에 닿았을 때 머릿속에 지나가는 장면들이 있었다. 이를테면 전남편과 보낸 시간들, 대화보다 침묵이 간편했던 시절. 요동치는 감정 없이 제도로 묶일 수 있는 관계의 평온함, 평온함이라고 믿었던 것들. 그리고 그의 채팅방을 훔쳐본 날……. 하지만 그 어느 것도 말하고 싶지 않았다. 조용히 입술을 짓이기는 사이 기우가 말을 걸어왔다.

"시간 있으면 내 이야기 좀 들어볼래요?"

그 밤 기우는 긴 얘기를 들려주었다. 그가 쓰고 있는 소설이라고 했다. 이야기는 성수기가 지난 어느 바닷가 마을에서 시작한다. 뒤늦은 여름휴가를 보내러 간 탐정은 그곳에서 매일 갈색 개와 함께 해변을 산책하는 여자를 만난다. 어느 날 탐정은 갈색 개가 홀로 해변을 돌아다니는 것을 발견하면서 여자의 실종 사건에 휘말리게 된다. 한밤중 누군가 여자를 바다에 내던지는 것을 보았다는 어부의 목격담을 들으며 호정은 동네를 걸었다. 그녀가 집으로 돌아왔을 때는 갈색 개가 운동화 한 짝을 물고 탐정을 찾아온 순간이었다. 비닐봉지를 바닥에 내려둔 호정은 벽에 머리를 모로 기대었다. 휴대폰을 쥔 채 마을 사람들의 알리바이를 들었고, 그들 각자의 발자국과 무수한 모래알을 생각했다. 질서 없이 몰아치는 파도에 휩쓸려가는 해변의 모든 자국들을.

눈꺼풀이 조금씩 무거워질 무렵, 다시 눈을 떴을 때는 아침이었다. 지난밤 일을 꿈으로 여기며 호정은 휴대폰을 확인했다. 기우에게서 메시지가 도착해 있었다.

다음은 어떻게 진행하는 게 좋을까요?

호정은 썼다.

저녁 같이할래요?

그날을 시작으로 그들은 여러 번의 저녁을 함께했다. 그들 사이에는 탁구대 대신 탁자가 놓였고, 공 대신 몇 마디의 말이 오갔다. 타코와 쌀국수, 할랄푸드 등 다양한 음식을 먹으면서 호정은 그가 작가 지망생으로서 치명적인 단점을 가지고 있다는 걸 알게 되었다. 그건 바로 이야기를 제대로 끝맺지 못한다는 점이었다. 그러한 성향은 추리소설에서 특히나 문제가 되었는데, 끝을 맺지 못한다는 말은 탐정이 사건을 제대로 해결하지 못한다는 말과 다를 바 없었기 때문이다. 기우가 딱 한 번 운 좋게 공모전 본심에 올랐을 때 심사위원은 다음과 같이 평했다. '인물의 목적과 주제 의식이 부재하며 사건을 해결할 의지가 없는 탐정을 어떻게 바라봐야 할지 의문이다.' 그의 소설에 나오는 탐정들은 모두 범인을 찾지 못한 채 사건 현장 안에서, 범인이 남긴 거짓말과 트릭 사이를 헤매었고 이야기는 매번 돌연히 중단되었다. '무능한 탐정들.' 심사위원은 한마디로 기우의 인물들을 정의했다.

그러거나 말거나 기우는 새로운 소재를 찾는 데 골몰했다. 톱스타 납치 사건, 북한 공작원 투신 사건……. 여러 소재를 떠올리고 글을 써 내려가다가도 금세 또 다른 이야깃거리로 눈을 돌리곤 했다. 단지 몇 줄의 시작이 이야기의 전부인 것처럼. 고로 그의 이야기에는 시작만 있고 끝이 없었다. 그러니 그가 지난날 중국 식당에서 살구 얘기를 꺼냈다가 잊어버렸다고 해도 아주 이상한 일은 아니었다.

오늘 그들이 방문한 와인 바의 루프탑 뒤로는 성곽길이 보였다. 탁구장에서 집까지, 집에서 탁구장까지. 삼 년 전 이 동네에 신혼집을 마련했을 때부터 출퇴근하며 매일 지나치던 거리인데도, 호정은 루프탑에 오른 오늘에야 근처에 성곽길이 있다는 사실을 알았다. 평소에는 걷던 길만 걸을 뿐 다른 길은 궁금해하지 않았으니까. 멀리, 성곽길을 내려오는 사람들이 보였다. 관광객처럼 보이는 무리는 잠시 멈추어 서더니 성곽 바깥쪽으로 카메라를 들었다. 호정은 카메라가 가리키는 방향을 따라 고개를 돌렸다. 저녁 일곱 시의 하늘이 아직 푸르렀다. 오늘이 하지래요. 기우가 말했다. 일 년 중에 낮이 가장 긴 날이요. 관광객들의 웃음소리가 아득히 들려왔다. 그들이 있는 곳을 가리키며 기우가 물었다.

"우리도 한번 올라가볼까요?"

서울에 올라온 지 얼마 되지 않았다는 기우는 궁금한 것도 가보고 싶은 곳도 많았다. 그들이 만날 때마다 다른 식당에서 새로운 음식을 먹는 것은 그래서이기도 했다. 호기심이 많은 성격은 단순히 그가 호정보다 몇 살 어리기 때문만은 아니었다. 지금의 그에게는 모든 길이 초행길이었다.

그에 비해 호정은 삼십 년 가까이 한곳에서 자라왔다. 그녀에게 이 도시는 진부했고 세상은 과거의 잔재들로 가득했다. 이혼소송을 진행하며 누군가와의 관계를 끊어내는 데 생각보다 많은 시간과 비용이 든다는 걸 알게 되기도 했다. 호정은 법원 앞에 설 때마다 무언가와 마주한다는 생각을 떨치기 어려웠는데, 그 대상은 조금씩 변해갔다. 처음에는 혼약을 어긴 불온한 배우자였던 그것은 단단하고 높은 건물로, 검은 그림자로 점차 바뀌어갔고 이제는 무엇과 대면하고 있는지 그녀조차도 알 수 없는 지경에 이르렀다.

두 사람은 와인 바를 빠져나와 성곽길을 가리키는 안내판을 따라갔다. 가파른 나무 계단을 오르자 숨이 가빠왔다. 성곽길에 진입하면서부터 그들은 점점 말이 없어졌는데, 예상보다 길이 볼품없었기 때문이다. 탁 트인 혜화의 낙산공원과 달리 그들이 걷는 길은 두 사람이 겨우 붙어 걸을 수 있을 정도로 좁았다. 조금 전 보았던 관광객들이 무색하게 길에는

하가람

지나가는 사람이 없었고, 간간이 새소리만 들릴 뿐이었다. 호정은 주변을 둘러보았다. 길 양쪽으로는 다른 풍경이 펼쳐졌다. 왼쪽은 그들이 직전까지 머물렀던 도시를 배경으로 성곽이 놓여 있었고, 오른쪽은 가슴께까지 오는 원목 울타리가 무성히 자란 풀과 나무를 가로막고 있었다. 그래서인지 도시와 숲의 경계를 거닐고 있는 것만 같았다. 하지의 낮은 길어 해가 느리게 저물었고, 무더위로 그들의 등은 축축하게 젖어갔다. 돌아가는 게 좋지 않을까 싶으면서도 조금만 더 걸어가면 기대를 충족시켜줄 무언가가 나오지 않을까 하는 마음으로 두 사람은 걷고 있었다. 잠시 후 반대편에서 등산복 차림의 남자가 내려왔을 때, 호정은 반가운 마음에 나서 물었다.

"끝까지 가면 뭐가 나오나요?"

호정은 말을 건 뒤에야 등산 모자에 가려진 얼굴을 확인했다. 상대는 백인이었다. 한국말을 못 알아들었을 거라는 예상과 달리 백인은 끄읕? 하고 다소 신경질적으로 말을 늘였다. 뜻하지 않게 앞길이 가로막힌 것이 불만인 모양이었다. 잠시 생각하던 백인은 길을 따라 걷다 보면 국립극장이 나오고, 거기서 더 걸어가면 남산타워에 도달할 거라고 얘기했다. 후회하지 않을 거예요. 백인은 또박또박 말했다.

"무척 아름답거든요."

얼마나 더 걸어야 하냐는 기우의 질문에 백인은 조금만 더, 가면 된다고 말했다. 그러고는 귀찮다는 듯 등산용 지팡이를 휘휘 저었기에 두 사람은 길을 비켜주어야 했다. 백인이 멀어진 뒤 기우가 입을 열었다.

"등산객 말은 믿지 말아요."

같은 길을 여러 번 걸어본 사람은 처음 오르는 사람과 같이 시간을 감각할 수 없다고, 기우는 덧붙였다. 멀지 않은 곳에 벤치가 보였다. 조금 지친 두 사람은 그곳에 앉아 숨을 골랐다. 벤치는 성곽 쪽을 향해 놓여 있었다. 과거 외적의 침입을 막기 위해 설치되었다는 성곽 너머로는 주택가가 보였다. 고작해야 허름한 슈퍼와 다가구주택들이 즐비해 있는 평범한 동네였다. 거기서 시선을 조금 더 멀리 던지면 남산타워가 보였다. 밝은 표정을 한 연인들이 그곳을 걷고 있을 터였다. 예측 가능한 풍경이 그곳에 있었다. 호정은 남산타워에 다다른 그들을 잠시 떠올려보았다. 아름다움이 짐작하는 범위 내에서 이루어진다면 그것을 아름다움이라고 부를 수 있을까, 하는 물음과 함께.

그때 어디선가 유리 깨지는 소리가 났다. 뒤이어 누군가의 비명이 아득히 들려왔다. 찰나였지만 도움을 요청하듯 절박한 목소리였다. 호정은 성곽 가까이 다가가 고개를 내밀어보았지만 동네에는 적막만 흘렀다.

"여기예요. 여기!"

기우가 반대편 울타리 앞에서 손을 흔들었다. 호정이 그에게 다가갔다.

"뭐가 있어요?"

기우는 팔을 뻗어 시야를 가리는 나뭇가지를 거두어냈다. 커튼을 젖히듯 유연한 움직임 뒤에 전혀 다른 세상이 펼쳐졌다.

숲이라고 생각한 곳은 어느 호텔의 정원이었다. 어느새 연분홍빛으로 물든 하늘 아래 일몰 직전의 해만큼이나 선명한 주홍색 외벽을 가진 호텔이 우두커니 서 있었다. 호텔은 걸어서 오 분도 걸리지 않을 거리에 있었다. 그런데도 호정은 지나간 시대의 명화를 보듯 기묘한 기분에 휩싸였다.

그들은 다시 길을 걸었다. 등산객의 말처럼 이대로 조금만 더 걸으면 평균치의 풍경을 볼 수 있었다. 남산 아래 펼쳐지는 빌딩 숲과 모자이크 같이 빛나는 노랗고 하얀 불빛들을. 그러나 두 사람은 자꾸만 오른쪽 너머를 바라보았다. 처음에는 있는 줄도 몰랐던 건물의 존재를 의식하게 되니 왼쪽에 놓인 성곽도 남산타워도 생각나지 않았다.

이내 그들 앞에 큰 산책로로 빠지는 길이 보였다. 남산타워로 가기 위해서는 이대로 걸어 나가서 큰길을 따라 오르면 되었다. 두 번째 비명이 들려온 건 그때였다. 이번에 그 소리는 구조 요청보다는 포효에 가까웠다. 조금 전보다 흐릿했지만 두 번째 소리로 그들은 비명이 환청이 아님을, 분명히 호텔 쪽에서 들렸음을 확신할 수 있었다. 기우가 물었다.

"가볼래요?"

"어디로요?"

기우는 원목 울타리 가까이로 다가가 발 한쪽을 올렸다.

그러고는 호정을 향해 미소 지었다. 이건 추리소설이 아니에
요. 호정이 장난스럽게 대꾸했지만 그는 어깨를 으쓱일 뿐이
었다. 호정은 망설였다. 어떤 흥미로운 일이 기다리고 있을지
몰랐다. 그러나 한편으로는 무엇을 보게 될지 몰라 두려웠다.
그런 마음으로 기우를 보았다. 옅은 갈색 눈동자가 길게 휘어
졌다.

　두 사람은 울타리를 넘었다.

∞

호정은 정원에 깔린 잔디밭에 발을 디뎠다. 울타리에서 내려
올 때 그녀는 조금 높은 곳에서 점프하다시피 했고, 그 바람
에 왼쪽 발목에 통증이 느껴졌다. 걷는 데 문제는 없었지만
호정은 다시 울타리를 넘어 본래 있던 자리로 되돌아갈 수는
없으리라 생각했다.

　두 사람은 호텔을 향해 걸어갔다. 그러다 잠시 후 맞은편
에서 말소리가 들리기 시작했을 때 그들은 마치 약속이라도
한 것처럼 팔짱을 꼈다. 호텔을 예약한 다정한 연인처럼, 연
인으로 위장한 탐정들처럼. 이내 나무에 가려졌던 이들의 모
습이 드러났다. 은발의 늙은 남자와 안경을 낀 젊은 여자였
다. 두 사람은 호텔에서 잠깐 산책을 나온 건지 편한 복장에
슬리퍼 차림이었다. 가로등 아래 멈춰 선 그들은 알 수 없는
외국어를 중얼거리며 서로의 뺨을 매만졌다. 호정과 기우는

　　　　　　　　　　　　　　하가람

잠시간 거리를 둔 채 그들을 바라보았다.

"어떤 사이일까요?"

기우가 속삭였다. 글쎄요……. 호정은 그들을 훑으며 나직이 말했다.

"나이 차가 꽤 있는 것 같네요. 가족에게 출장이라고 둘러대고 애인과 밀회 중일지도요."

그건 너무 빤한 레퍼토리라고 기우는 말했다. 두 사람은 의외로 오래된 부부일지도 모른다고.

"두 사람은 다가오는 결혼기념일을 맞아 연애 시절 이곳에 남긴 표식을 찾는 중이에요."

"어떤 표식이요?"

기우는 주변을 둘러보았다. 나무. 나무가 좋겠네요.

"단순히 나무에 남긴 낙서일 수도 있지만, 뭔가를 심었다고 해볼까요."

잠시 생각하던 기우가 말을 이었다.

"오래전 연인이던 두 사람은 길에서 주운 씨앗 하나를 여기 정원에 심었어요. 그것이 어떤 열매를 맺을지 모르는 채로요. 이건 우리 사랑의 증표가 될 거야. 누군가는 그런 낯간지러운 말을 던졌을지도요."

"음, 계속 해봐요."

"그들은 씨앗을 까맣게 잊고 살았죠. 그들이 결혼하고 오 년 가까이 흘렀을 때까지도요."

그러던 어느 날…… 기우가 뭔가를 쥐는 시늉을 했다.

"둘 중 한 사람이 떠올리게 된 거예요. 집에서 무심히 과일을 베어 물다가 툭. 그걸 어떻게 잊고 살았지? 하면서요."

그는 덧붙였다. 지금 부부는 그때 심었던 씨앗을 찾고 있다고. 이제는 나무로 어엿하게 자랐을 모습을 기대하면서.

어때요? 그의 물음에 호정은 답했다.

"낭만적이네요. 하지만 말은 안 돼요."

그녀는 생각했다. 씨앗은 그리 쉽게 자라지 않는다고. 무엇보다 머리가 하얗게 셀 정도로 나이 든 남자라면 수십 년간의 경험을 통해 이미 체득했을 거라고. 관계의 끝은 파멸 혹은 권태, 둘 중 하나라는 사실을. 그런 이와 가로등 아래서 달콤한 밀어를 주고받는 사람은 아내보다 애인이 어울린다고 호정은 주장했다.

그때 젊은 여자가 늙은 남자의 몸을 밀쳤다. 남자는 여자에게 무어라고 따져 묻듯 삿대질을 했다. 두 사람 사이에 갑자기 찬바람이 불기 시작했네요. 기우가 흥미로운 경기를 관전하듯 말했다. 곧이어 그는 늙은 남자의 입 모양에 맞춰 속삭이기 시작했다.

"조금 전에 어디 갔었어?"

호정은 건너편의 여자를 바라보았다. 가로등 불빛을 받지 못한 옆모습이 그늘져 있었다. 호정은 잠시 머뭇대다가 입술을 달싹였다. 산책을 다녀왔어요. 아까 말했잖아요.

"거짓말."

기우가 이어받았다.

하가람

"당신이 방을 나간 사이 우리가 묵는 층 복도에서 여자의 엄청난 신음이 울려 퍼졌어. 복도를 지나가는 이들이 웅성거렸지. 웃긴 게 뭔 줄 알아?"

기우는 침을 삼키고 말했다.

"그 소리가 당신의 신음과 무척 비슷했다는 거야."

그 말을 끝으로 가로등 아래 연인은 대화를 멈추었다. 호정과 기우 사이에도 몇 초간 정적이 흘렀다. 젊은 여자는 말없이 늙은 남자를 바라보았다. 호정은 자신도 모르게 이를 악물고는 말했다. 당신의 의심이 지긋지긋하며 신음은 누구나 다 비슷하다고. 여자가 먼저 도망가듯 자리를 뜨고 남자가 그녀를 뒤따라갔다. 빈 무대처럼 텅 빈 가로등만이 남았다. 호정과 기우는 유유히 그곳을 지나 주홍색 호텔로 향했다.

호텔 내부는 생각과 다른 모습이었다. 바깥에서 볼 때는 대도시에 어울리는 세련된 외관을 가졌다고 생각했는데, 막상 안으로 들어서니 호텔은 오래된 목조 건물이었다. 로비 천장에 매달린 샹들리에는 은은하게 빛났고, 벽을 따라 걸린 액자 속 흑백사진이 호텔의 긴 역사를 보여주고 있었다. 이런 곳은 하루에 얼마나 할까요. 조식은 어떻게 나오려나. 기우는 호텔에 처음 와본 사람처럼 고개를 빼고 기웃거렸다.

엘리베이터를 타고 다른 층으로 가기 위해서는 객실의 카드키가 필요했다. 그들은 프런트로 가서 체크인을 요청할 수도 있었다. 그러니까 그들이 진짜 탐정이라면, 비명의 근

원을 찾기 위해서라면. 하지만 누구도 먼저 그런 말은 꺼내지 않았다. 그들은 얼마간 길을 잃은 사람처럼 로비를 몇 바퀴 맴돌았다. 이내 직원 한 명이 그들을 주시하는 것이 느껴졌다. 그들은 체크인을 마친 다른 손님을 따라 엘리베이터에 올랐다. 통통한 체격의 두 손님은 꼭대기 층으로 가는 버튼을 눌렀다. 그들이 향하는 곳은 룸이 아닌 호텔 내에 있는 라운지 바였다. 호정과 기우는 잠시 잘못 왔다고 생각했다. 하지만 엘리베이터 문이 열리자 생각이 바뀌었다.

눈앞에 펼쳐진 라운지 바에는 아늑한 조명 아래 손님들이 저마다 얘기를 나누는 중이었다. 공기 중에는 누군가 바닥에 쏟은 과일 리큐어 향이 달큼하게 퍼지고 있었다. 호정과 기우는 안온해 보이는 공간으로 이끌리듯 들어섰다. 그들은 바를 통과하여 바깥에 딸린 수영장 쪽으로 걸음을 옮겼다. 그곳에는 붉은 구름이 떠다니는 하늘 아래 야외 테이블과 선베드가 일정한 간격을 둔 채 놓여 있었다. 두 사람은 그중 수영장이 잘 보이는 야외 테이블에 앉았다.

기우가 술을 주문하고 오겠다며 안으로 들어간 후, 호정은 눈앞에 맑게 일렁이는 수영장을 바라보았다. 투명한 에메랄드빛 물속은 훤히 비쳤고, 밤 조명을 머금은 수면이 눈부시게 반짝였다. 그 안에서 하얀색 비키니를 입은 여자가 유유히 헤엄치고 있었다. 수영장에서 나온 여자는 물을 뚝뚝 흘리며 호정을 지나쳤다. 그리고 이내 칵테일 두 잔을 들고 와 호정이 있는 테이블에 앉았다.

하가람

"나가더니 금방 들어왔네."

젖은 갈색 머리를 쓸어 넘기며 여자가 말했다.

"그래서, 그 남자랑은 도대체 뭐가 문제야?"

"남자?"

"너 쫓아다니는 늙다리 말이야."

호정은 호텔에 들어오기 전 마주친 연인을 떠올렸다. 아마도 호정을 다른 사람으로 착각하고 있는 듯했다. 호정은 자기도 모르게 응, 하고 고개를 끄덕였다.

"무슨 일이 있었던 거야?"

칵테일을 건네며 여자가 물었다. 수영장 주변에는 술잔을 든 채 떠드는 젊은이들이 많았다. 호정은 그들에게 시선을 둔 채 말했다. 그 사람의 채팅방을 본 적 있어. 누구에게도 꺼낸 적 없는 얘기였다.

"상대 여자는 나보다 어렸는데 진짜 그런지는 모르겠어. 그이도 모든 걸 속이고 있었거든."

"어떤 말이 오갔어?"

"아주 음란한 말들, 나에 대한 치욕스러운 험담."

"……."

"그런 게 오갔다고 말하고 싶다. 그런 걸 기대하면서 채팅방을 열었는지도 몰라. 그맘때 나는 관계를 망치고 싶어 핑곗거리를 찾고 있었으니까."

"그런데?"

수영장 앞에서 젊은이들이 무언가를 내기하듯 소란하게

굴었다. 가위 바위 보. 그들을 보며 호정은 칵테일 잔을 매만졌다.

"실제로 오간 건 시시콜콜한 얘기들. 지난밤 야구 경기에서 누가 이겼고, 오늘 직장에서 무슨 일이 있었는지 하는 얘기들. 엇박자처럼 튀어나오는 사랑한다는 말들. 매일 그 대화를 캡처해서 모아뒀어."

여자는 잠시 생각하다가 물었다.

"실제로 보기도 했어?"

"응. 한번은 남편의 뒤를 쫓았어. 브런치를 나눠 먹고 서로의 입가를 닦아주고 포옹하는 모습을 지켜봤어. 카메라에도 담아두었지. 그 후로도 둘은 몇 번 더 만났는데, 나는 그걸 알면서도 내버려두었어."

수영장에서 풍덩 하며 누군가 물에 빠지는 소리가 들렸다. 젊은이들이 연이어 환호성을 질렀다.

있잖아. 호정은 수영장에 이는 물거품을 보며 말했다. 술잔을 든 사람들이 수영장 주변으로 모여들었다.

"나 그 대화들을 볼 때 기분 나쁘지 않았어."

호정은 이어 말했다. 남편이 출장을 핑계로 집을 비우는 날이 늘어가던 때, 캡처해둔 채팅방 화면을 꺼내 한 번씩 읽고 잠에 들곤 했다고.

셔츠를 새로 샀어. 안 입던 스타일. 무슨 색? 사진 보내줄까? 아니 말로 해봐.

어떤 얘기든 다음을 부추기는 말들.

우리가 갔던 스페인 식당이 문을 닫는대. 좋다. 뭐가? 우리가 갔던 곳이 없어지는 것도. 그 자리를 지날 때마다 떠올릴 수 있으니까.

어떤 목소리든 귀 기울여줄 것 같은 다정한 말들. 그런 말들을. 소리 내어. 반복해서.

있잖아. 호정은 뜸을 들이다 덧붙였다.

"나 사실 그 사람을 이해해."

수영장에는 물에 빠진 남자가 등을 보인 채 둥둥 떠다녔다. 여자는 칵테일을 권했다. 술 마셔 술. 달콤할 거야.

"이해돼서 견딜 수가 없어."

여자는 한 번 더 권했다. 술 마셔 술. 달콤할 거야.

"십."

수영장을 둘러싼 사람들이 카운트다운을 시작했다. 구. 팔. 호정은 숨죽여 남자의 등을 바라보았다.

"칠. 육. 오."

등은 미동이 없다.

"사."

"삼."

"이."

남자가 물 밖으로 나왔다.

"얼마나 더 해야 해요? 이 정도면 오래 참은 것 같은데."

사람들이 웃음을 터뜨렸다.

호정은 어지럽게 길을 막고 있는 사람들 사이를 빠져나

왔다. 수영장을 지나고 라운지 바를 나왔다. 기우는 보이지 않았다. 소음이 잦아든 복도에 아래층으로 향하는 계단이 보였다. 호정은 조심히 난간을 잡고 계단을 내려갔다.

일자 형태의 복도 양쪽으로는 벽과 닫힌 문만 있었다. 나아갈 수 있는 길의 방향은 하나였다. 호정은 앞으로 걸었다. 긴 터널 속에 들어선 것 같기도, 누군가의 배 속에 들어와 있는 것 같기도 했다. 닫힌 방문 너머로 여기저기서 작은 목소리들이 들려왔다. 웅성거리는 말들은 내용을 짐작하기 어려웠다.

그 순간 여자의 비명소리가 텅 빈 복도를 가로질러 호정의 귀를 파고들었다. 선명하고 명징한 소리를 쫓아갔다. 멀지 않은 곳에서 가느다란 불빛이 보였다. 간헐적으로 들리는 소리에 호정은 서둘러 발걸음을 옮겼다. 작게 열린 문틈 사이로 빛이 새어 나오고 있었다. 문을 열어젖혔다.

갑작스레 환한 빛이 쏟아져서 호정은 두 눈을 질끈 감았다. 서서히 눈꺼풀을 들어 올리자 넓은 거실이 시야에 들어왔다. 채도 높은 주홍색 벽지와 헤링본 무늬의 카펫, 원형 테이블까지…… 방의 모든 부분이 정갈하게 정리되어 있었다. 누군가 머물렀다 간 흔적이라고 할 만한 것은 바닥에 떨어져 있는 탁구공들뿐이었다.

적요한 공간을 둘러보는 호정의 머릿속에 몇 가지 광경이 그려졌다. 깨끗한 흰 바닥에 피를 흘리고 쓰러져 있을 여자. 혹은 베개에 눌린 채 침대 위에서 숨을 거둔 여자의 창백

하가람

한 몸. 추리소설에 나올 법한 범죄 현장들이. 천천히 모퉁이를 돌자 한쪽 벽면이 거울로 된 방이 나왔다. 헐떡이는 숨소리가 들리는 곳으로 호정은 눈을 돌렸다. 그곳에 죽은 여자는 없었다.

탁구공들이 어지럽게 흩어져 있는 방. 그곳에는 한 노인이 홀로 라켓을 휘두르고 있을 뿐이었다. 그녀는 공도 없이 스윙을 하고 있었고, 거울 속 자신과 마주한 채 끝나지 않는 경기를 치르듯 계속 스텝을 밟았다. 오른발, 왼발, 스윙. 다시 왼발, 오른발, 스윙, 다시 오른발……. 그 움직임은 살기 위한 처절한 몸부림처럼 보이기도, 경기가 멈추기만을 바라는 자의 기계적인 동작으로 보이기도 했다. 그녀의 머리카락은 일찍이 하얗게 셌으며 얼굴에는 쩍쩍 갈라진 주름 새로 땀이 흘러내렸다. 그녀가 돌연히 힘껏 라켓을 휘두를 때면 검버섯으로 얼룩진 팔의 거죽이 맥없이 흔들렸다. 텅 빈 그녀의 눈동자를 보며 호정은 아주 긴 세월을 떠올렸다. 이곳에서, 지금과 같은 모습으로, 끊임없이 돌고 돌았을 그녀의 시간을. 노인의 밭은 숨소리가 공간을 메워갔다. 노인을 보던 호정은 이내 그녀를 지켜보던 거울 속 자신과 눈이 마주쳤다. 노인이 어느 순간 모든 것을 토해내듯 고함을 질렀을 때, 호정의 눈에 천천히 눈물이 차올랐다.

∞

"듣고 있어요?"

익숙한 목소리에 고개를 돌렸다. 기우가 그녀를 바라보고 있었다. 그는 이제 막 어떤 얘기를 마치고 호정의 반응을 기다리던 참이었다. 호정은 주변을 둘러보았다. 해는 여전히 저물지 않았고 그들 맞은편에 보이는 성곽길에는 관광객들이 지나갔다. 모든 게 눈을 감기 전과 그대로인 듯했다. 오늘따라 낮이 유독 기네요. 호정이 말하자 기우는 기대한 반응이 아니라는 듯 어깨를 으쓱였다. 하지래요.

"일 년 중에 낮이 가장 긴 날이요."

관광객들의 해맑은 웃음소리가 아득히 들려왔다. 가만히 풍경을 바라보던 그들에게 직원이 다가와 말을 걸었다. 루프탑 조명에 문제가 생겨 부득이하게 십 분 뒤 가게를 마감한다고 했다. 돌아갈 시간이네요. 직원이 지나간 뒤 호정이 말했다. 남은 와인을 홀짝이던 기우가 이내 한 곳을 가리켰다.

"좀 걸을래요?"

그들은 와인 바를 빠져나와 성곽길에 들어섰다. 길은 조용하고 아무도 지나다니지 않아서 잘못된 길이 아닐까 싶을 정도였다. 한참 걷던 그들은 길 가운데 무언가 떨어져 있는 것을 보았다. 저게 뭐죠. 먼저 발견한 기우가 말했다.

"공인가."

호정은 가까이 다가가 그것을 주웠다. 기우가 뒤따라가며 물었다.

"귤인가요?"

"귤은 겨울에 나는걸요."

"그럼 살구?"

기우는 살구를 먹어본 적이 없다고 했다. 화장품이나 방향제에서 가공된 향기는 맡아봤지만 진짜 열매는 실제로 본적도 없다고. 호정도 마찬가지였다. 그들은 한동안 무엇인지모르는 열매를 살폈다. 붉은 열매는 언뜻 매끄러워 보였지만자세히 들여다보면 표면에 솜털이 나 있었다. 호정은 손안에서 열매를 굴렸다. 한 올 한 올 감각이 되살아났다.

"생각나는 얘기가 있어요."

그 이야기는 오래전 어느 식당에서 엿들은 것일 수도 있다. 혹은 물 위에서 몸이 둥실 뜬 채 꾸었던 한낮의 꿈일 수도, 그녀가 모르는 새 지어낸 얘기, 어쩌면 그 모든 것일 수도 있다. 호정은 천천히 입술을 열었다. 어느 여름날, 하고 말했다.

"한 탐정이 길목을 걷고 있었어요. 매일 지나치는 길이었죠."

길목에는 가슴께까지 오는 담장이 있고, 담장 너머에는살구나무를 기르는 집이 있다. 탐스러운 열매가 열린 가지는담장을 넘어 자라난다. 탐정은 그 열매가 어떤 맛일지 궁금했어요. 호정은 꿈꾸듯이 말했다. 그 사람도 그전까지 살구를먹어본 적이 없었거든요.

"손을 뻗어도 닿지 않아서 매일 바라만 보다가, 어느 날담장 아래에 살구 한 알이 떨어진 걸 보게 된 거예요."

"먹었나요?"

호정이 열매를 입 가까이에 댔다. 진한 향이 훅 끼쳤다.

"한입에."

"어땠나요?"

"역겨웠어요."

호정은 덧붙였다.

"씨가 훤히 드러날 정도로 짓물러 있었거든요."

상한 열매를 먹은 양 기우가 미간을 찌푸렸다.

"아직 끝이 아니에요."

"뭐가 더 있나요?"

"짓무른 살구를 먹은 다음 날……."

호정이 걸음을 늦췄다. 기우도 발을 맞췄다.

"또다시 같은 자리에서 살구가 떨어진 걸 봤어요."

"지나갔나요?"

호정은 선명하게 떠올릴 수 있었다. 담장 아래 떨어진 살구를 줍는 탐정의 얼굴을. 트렌치코트를 입은 채 열매를 조심스럽게 살피는 모습을. 전날 짓무른 과육에서 느껴지던 미끄덩한 식감과 신맛을 기억하고 있다. 그것을 먹으면 배탈이 날 것이라는 걸 안다. 그러니 그것을 놓아야 한다는 것, 바닥에 떨어뜨리고 짓밟아야 한다는 것까지도. 그러면서도 혀 아래로는 침이 고인다. 호정이 물었다.

"어떻게 했을 것 같아요?"

가만히 그녀를 바라보던 기우가 고개를 끄덕였다. 모든 것을 이해하는 사람처럼. 그리고 말했다. 나라면……

"살구를 줍겠어요."

"그러고요?"

호정이 다시 열매를 건넸다. 기우가 말을 이었고 그들은 걸었다. 가학적이고 유약한 이들이 숨어 있는 호텔을 지나서. 산 중턱에 걸려 있던 해가 마침내 완전히 넘어가는 동안 허공에서 그들의 이야기는 섞여갔다. 그들의 이야기 속에서 탐정은 살구를 손가락으로 누르고 냄새를 맡기도 한다. 그것을 땅에 묻었다가 되돌아와 다시 꺼내기도 하며, 싱싱한 살구가 있는 과일 가게를 종일 찾아다니기도 한다. 그들은 어디로 걸을지 생각하지 않았으므로 간혹 행인이 지나가도 길을 묻지 않았다. 다만 깊은 밤 어느 산책자가 그들의 대화를 엿들었다면 기괴하다고, 앞뒤가 안 맞고 어쩐지 얼굴이 붉어지는 결코 이해할 수 없는 내용이라고 여겼을지도 모르겠다.

아무려나. 이야기는 거기서부터 시작된다.

이주

신보라

배고파?

　내가 물었다. 이주는 고개를 저었다.

　하늘이 가까워.

　이주가 말했다. 우리는 나란히 등을 벽에 기대앉았다. 창문으로 하늘이 보였다. 구름이 지나가고 있었다.

　누구든 죽여버릴 거야.

　이주가 중얼거렸다. 계단을 올라갈 때도, 내려갈 때도, 그림을 그릴 때도 이주의 말에는 이유가 없었다.

　왜 또.

　하늘이 가깝잖아.

　이주가 울상을 지었다. 나는 이주가 울상을 지을 때마다 피곤하다고 생각했다. 이주는 거짓말을 잘했다.

　좋은 것만 생각해.

　　　　　　　　　　　　　　　　　　　신보라

내가 말했다.

이주는 그림을 그린다. 나는 중고 물건을 사고파는 사이트에 이주의 그림을 올렸다. 누구도 이주의 그림에는 관심이 없었다.

이주의 그림을 처음 본 날, 밤에 자려고 누웠을 때 이주의 그림이 눈앞을 떠다녔다. 분홍색과 노란색의 조합이 얼마나 섬뜩한지, 사람의 피부에는 생각 외로 녹색이 많이 쓰인다든지 하는 생각과 함께. 이주는 왜 그런 색깔들을 쓴 걸까. 이주가 보고 있는 세상은 어쩌면 나와 다를지도 모르겠다고. 내가 지금까지 살아 있는 게 혹시 이주의 그림을 보기 위해서가 아니었나, 싶을 정도의 느낌이었다.

진짜야. 거짓말이 아니야.

내가 그날 느낀 감정을 이야기할 때마다 이주는 콧방귀를 꼈다.

이주가 살이 찌기 시작한 것은 두 번째 애인을 만났을 때부터였다. 이주는 여자는 두 부류로 나뉜다고 말했다. 예쁘거나 마르거나. 이주는 후자였다. 하지만 그 시기는 이주 인생에 너무나 이른 시간이었다.

이주의 두 번째 애인은 이주보다 열 살 많았다. 이주는 술에 취해 집으로 들어왔다.

결혼할 것 같아. 결혼해도 될 것 같아.

이주는 씻지도 않은 채 침대에 드러누웠다.

애는 셋이 적당하겠지.

그렇게 말하는 이주는 행복해 보였다. 이주는 행복한 만큼 살이 찌기 시작했다. 이주는 사십구 킬로그램이 늘어 딱 이주만큼 살이 쪘다. 이주의 말에 의하면 그 남자는 거구라고 했다. 그 시기에 이주가 하는 일이라고는 살찌는 일밖에 없었다. 이주는 그 남자를 너무 사랑해서 자신을 그 남자처럼 만들어버리려고 하는 것 같았다. 이주가 밖에서 돌아오면 시큼한 땀 냄새와 고기 냄새가 섞여 났다. 지독한 냄새였다.

이주는 살이 찌기 시작하면서 그림을 그리지 않았다. 누워만 있었다. 드로잉 책을 보거나 가보지 않은 전시의 도록을 찾아봤다. 등을 돌려 돌아누울 때마다 이주에게서 냄새가 났다. 머리를 감지 않았고 몸도 씻지 않았다.

이주가 남자와 헤어졌을 때, 이주에게 남은 건 오직 살뿐이었다.

너는 말라서 좋겠다. 좋니. 좋아?

이주가 술에 취해 나를 붙잡고 말했다. 그리고 죽고 싶다고 덧붙였다. 나는 이주의 둥그런 턱을 손으로 잡았다.

이주, 정신 똑바로 차려.

이주가 눈물을 뚝뚝 흘리며 나를 바라봤다.

우리가 죽여버리자.

내가 말하자, 이주가 손바닥으로 얼굴을 감싸 쥐었다.

그럴 바에 우리가 그 새끼를 죽여버리자.

나는 다시 말했다. 그때부터 이주의 누구든 죽여버릴 거야, 하는 말버릇이 시작됐다.

이주는 다시 캔버스 앞에 앉았다. 40호 캔버스에 붉은색 유화물감만 칠했다. 기름 냄새가 진동했다. 이주는 가위를 들고 와 망설임 없이 캔버스를 찢기 시작했다. 캔버스에 기묘한 선들이 만들어졌다. 흰 물감을 개면서 이주가 말했다.

이 색을 웜 화이트라고 불러. 따뜻한 흰색이라는 거지.

내가 보았을 때는 그저 누런빛을 띠는 흰색이었다. 이주는 캔버스를 들고 그 앞으로 얼굴을 밀착했다. 이주의 턱살이 겹쳐졌다. 이주가 만들어낸 선들이 이주의 얼굴 앞에 놓였다. 나는 그럴 때마다 이주의 얼굴을 캔버스 안으로 밀어버리고 싶은 충동이 들었다.

이주는 씻기 위해 옷을 벗었다. 옷을 벗을 때마다 이주의 살이 흔들렸다. 이주가 팔을 내리자 살이 겹쳐졌다. 이주의 배에 커다란 선들이 보였다. 그 모습을 볼 때마다 나는 일방적으로 폭행을 당하는 느낌이 들었는데, 그것은 내가 경험한 가장 고독한 감정이었다.

이주는 욕실 앞에서 속옷을 벗었다. 이주의 엉덩이보다 작은 팬티였다. 나는 이주에게 딱 맞는 팬티를 사주어야겠다고 생각했다. 물소리가 오래도록 들렸다. 나는 가만히 뜨거운 물을 맞고만 있는 이주를 떠올렸다. 이주가 욕실 문을 열자 수증기가 가득 피어올랐다. 이주가 지나가는 자리마다 뜨거운 열기가 따라왔다.

이주는 미소를 지었다. 무언가를 이뤄낸 사람의 얼굴이었다. 이제 이주는 그림을 그리고 싶을 때가 아니면 늙은 고양이처럼 아무렇게나 늘어져 있었다.

나는 이주의 그림을 찍었다. 그중 하나를 골랐다. 이주는
누가 저런 그림을 사냐며 투덜댔다. 그러면서도 표정은 어딘
가 기대에 차 있었다.

오만 원. 네고 가능합니다.

나는 사진 아래 설명을 덧붙였다. 게시물을 등록하기 전
마지막 한 문장을 추가했다.

이십 대 여자 그림.

오 분도 되지 않아 이주의 그림이 팔렸다. 첫 거래였다.

너구리 캐릭터를 프로필 사진으로 한 남자였다. 남자는
자신의 집으로 나를 불렀다. 현관에 들어서자 퀴퀴한 냄새가
났다. 창은 모두 커튼으로 쳐져 있었다. 남자가 그림을 보지
않았기 때문에 내가 이주의 그림을 쳐다봤다. 그러면 이주와
함께 있는 기분이 들었다. 남자가 나를 바닥에 앉혔다. 남자
는 집 안에서도 검정 모자를 눌러쓴 채 모자챙을 만지작대며
내 앞에 무릎을 꿇고 앉았다. 그는 얼굴을 비스듬하게 들어
나를 바라봤다. 나는 그의 시선을 모른 체하며 집을 둘러보았
다. 거실 겸 주방 그리고 닫혀 있는 작은 방이 보였다. 퀴퀴한
냄새는 그 방에서 나는 듯했다. 남자가 입을 뗐다.

어디 살아요?

네?

이름이 뭐예요? 이십 대 초반? 중반? 그림은 혼자 그리

신보라

는 거예요? 독학한 건가. 되게 특이하다. 예술가? 흐흐흐. 예
뻐요, 예뻐. 아니, 그림이. 학교는 다녀요?

말을 쏟아내는 남자에게서 희미하게 술 냄새가 났다. 이
주와는 다른 냄새였다. 남자는 제 이야기를 끝내고 내게 현금
을 주었다.

다음에 또 그려줘요. 자화상, 자화상 좋다. 그런 거는 안
그리나?

남자가 말했다.

내가 집으로 돌아왔을 때 이주는 자고 있었다. 이주의 발
가락은 물에 젖은 빵처럼 통통 부풀어 있었다. 이주의 덩치에
비해 아주 작고 짧은 발가락이었다. 나는 문득 이주가 대견해
보였다.

이후로 나는 그림에 대한 설명보다 인적 사항을 더 많이
적기 시작했다. 거짓말을 적었다. 미대생. 여대생. 백육십 센
티미터. 대화 환영.

누군가에게 연락이 왔다.

이 그림 원래 있는 그림 아닌가요. 루치오 폰타나랑 똑같
은데요. 따라 한 거예요?

나는 그 문자를 반복해서 읽었다. 늘어진 이주를 쳐다봤
다. 그 말은 웃긴 말이었다. 더 이상 온전한 새로움이란 없다.
그럼에도 세상은 끊임없이 새로움을 부추기기만 한다. 이주
의 잘못은 없다. 그러니 이주는 계속 그려야만 한다. 나는 문
자를 바로 삭제했다.

돈은 이렇게 버는 거다. 예술의 가치는 그 뒤에 따라올
것이다. 이주는 아무것도 모른다. 언젠가 이주는 자신의 몸에
가득한 선들로 개인전을 열 것이다. 사람들은 열광하고 흥분
하고 돈을 지불하고. 그래서 아직 이주에게 내가 필요하다.

그림을 올리지 않아도 연락이 왔다. 자신의 성기 사진을
그려달라는 남자들이었다. 나는 그것들을 저장했다. 성기 사
진만으로도 남자들의 얼굴을 떠올릴 수 있었다. 그들에게 그
림은 뒷전이었다. 나를 앉혀 놓고 혼자 이야기했다. 나는 고
개만 끄덕여주면 됐다. 남자들은 화를 내기도 했고 울기도 했
다. 돈이 꽤 벌렸다. 나는 서랍장에 현금을 모았다.

처음 이주의 그림을 샀던 너구리 남자에게서는 하루 종
일 연락이 왔다.

또 팔렸나요? 저는 언제까지 기다리면 되나요? 보고 싶
어. 칠만 원 줄게요. 뭐 해요? 답장이 없네요. 이 개 같은 년.

나는 문자를 보고 웃었다.

곤이는 지금 나의 남자친구다. 이주가 죽여버리고 싶다
고 말하는 사람 중 하나다. 곤이는 나를 만나기 전에 아줌마
들을 만났다. 돈을 받은 건 아니라고 곤이는 자주 입버릇처럼
말했다.

진심으로 사랑했어.

곤이는 아줌마들의 이야기를 들려주었다. 나는 그 시간
을 좋아했다. 만들어지지 않은 곤이의 표정을 볼 수 있는 시

신보라

간이었다.

우리는 해산물을 먹으러 갔다.

먹을 것도 많이 사주고 좋았어.

곤이가 젓가락으로 해산물을 찌르며 말했다. 멍게와 해삼이 썰린 접시였다. 곤이는 멍게를 집어 초고추장에 찍었다.

나는 멍게가 좋다. 바다 냄새가 나잖아.

곤이가 말했다.

비리잖아.

나는 토하는 시늉을 했다.

멍청아, 그걸 바다 냄새라고 하는 거야.

곤이가 멍게를 우물우물 씹어 먹으며 대답했다.

우리는 밥을 먹고 집으로 갔다. 햇볕이 뜨거웠다. 골목을 걷고 계단을 오를 때까지 우리는 아무 말도 하지 않았다.

곤이와 집에 갈 때마다 이주는 방문을 걸어 잠그고 나오지 않았다. 나는 문에 귀를 바짝 가져다 대는 이주를 상상하곤 했다. 무슨 표정을 짓고 있을지 궁금했다. 아마 달콤한 음식을 먹는 표정이겠지. 나는 곤이와 섹스할 때마다 이주가 들을 수 있게 큰 소리를 내곤 했다. 이주는 나 대신 오르가슴을 느꼈을 것이다.

곤이는 말투가 다정했다. 이주의 그림을 사는 남자들과 달랐다. 곤이는 쓸데없이 감상적인 말을 하지 않았고, 내게 무언갈 요구하지도 않았다. 그저 곤이는 다정한 말투로 내 이름을 부를 뿐이었다. 그래서 곤이와 섹스가 끝나면 서러웠고,

무엇보다 허무했다.

하루는 남편이 찾아왔어. 다짜고짜 뺨을 휘갈기는 거야. 우리 마누라랑 어땠냐고, 우리 마누라가 잘하냐고. 그렇게 말하고 엉엉 우는 거야. 불쌍하지. 아주 불쌍했지. 그래서 내가 말했어. 죄송합니다, 죄송합니다. 아줌마는 아무것도 하지 않았어요. 아줌마는 그냥 가만히 있었어요.

그렇게 말하는 곤이는 더 불쌍한 사람이다. 전 애인들에게 아직도 돈을 빌렸고, 돈이 없어서 주눅이 들어 있었다. 대신 그만큼 다정했다. 나는 곤이를 만나면서 세상을 편하게 사는 법을 조금 알 것도 같았다.

우리가 같이 살면 작은 어항에 금붕어를 한 마리 키우자.

나는 곤이의 팔을 베고 누워 말했다.

그래, 그러자.

곤이는 담배에 불을 붙이며 대답했다.

아니야. 금붕어 말고 예쁜 물고기로. 지느러미가 길쭉길쭉한 파란 애들로.

곤이는 한참 생각했다.

그런 애들은 비쌀걸.

곤이는 담배 연기를 코와 입으로 동시에 뱉어내며 말했다. 나는 어떤 날에는 바다거북을 키우자고 했고, 어떤 날에는 커다란 무화과나무를 심자고 했다. 곤이는 모두 그래 그러자, 하고 대답했다. 단지 비싸거나, 정말로 할 수 있는 것들만 안 된다고 말했다.

신보라

나는 곤이와 누워 있을 때면 곤이의 머릿속에 있을 이주의 모습을 상상하곤 했다. 팔꿈치가 튀어나올 만큼 마른 이주일 수도 있고, 푸르죽죽하지 않고 생기 있는 입술을 가진 이주일 수도 있다. 어쩌면 곤이는 이주를 상상조차 하지 않을 수도 있다. 내가 이주를 지킬 수 있는 방법은 이주에 대해 떠벌리고 다니지 않는 것이다.

너랑 비슷할 것 같아.

곤이가 속삭였다. 곤이는 방문 너머가 보이기라도 하듯 뚫어져라 문을 쳐다봤다. 나도 방문을 쳐다봤다. 문 뒤편으로 이주의 소리가 들리는 것 같았다.

나랑?

응.

뭐가?

그냥 전부.

나는 이주가 살찌기 전 모습과 벽에 기대 늘어져 있는 모습을 동시에 떠올렸다. 나는 방문을 노려보았다.

아니야, 완전 다르지.

나는 곤이의 품으로 파고들며 대답했다.

말도 안 돼, 무슨. 완전 달라.

나는 중얼대듯 다시 대답했다.

이주는 잠들기 전 내게 무언가를 가르쳤다. 그건 말일 때도 있고, 동작일 때도 있고, 노래일 때도 있었다. 나는 이주가 하는 고양이 자세를 좋아했다. 몸을 둥그렇게 만 채로 이십 초를 버티는 자세였다. 이주는 사람이라기보다는 사물 같기도 했고, 뚱뚱한 고양이 같기도 했다. 내가 이주에게 귀엽다고 할 때마다 이주는 얼굴이 벌게졌다. 그리고 금세 제 얼굴색으로 돌아왔다. 잘 새겨들어, 잘 따라 해봐, 하고 이주는 내게 말했다.

이주는 꼿꼿하게 허리를 펴고 마치 선생처럼 앉았다. 오래전에 신었던 자신의 구두로 호두를 내리치고 있었다. 이주는 호두와 콩을 갈아 우유에 타 먹었는데, 믹서기는 굉음을 내며 돌아가다 자주 제멋대로 멈추었다. 나는 그 앞에 서 있는 이주의 뒷모습과 믹서기를 번갈아 쳐다봤다. 투명한 플라스틱 통에 든 가루는 마치 작은 동물의 뼛가루 같았다. 이주는 그 가루를 다이어트 식품이라고 했지만, 칼로리는 몰랐다. 나는 가끔, 아주 가끔 이주 몰래 가루에 설탕을 부어두었다.

이주는 저 가루가 자신을 얼마나 살찌우고 있는지 모르겠지. 이주의 목으로 걸쭉한 액체가 넘어가는 소리가 들렸다.

다 거짓말쟁이들이거든.

이주가 입을 벌릴 때마다 입 속이 허옇게 보였다.

누가?

나는 대답을 하면서도 이주의 입 속만 쳐다봤다.

전부 다. 이 세상 모든 사람들.

너도?

나는 아니지.

신보라

나는 이주의 말을 듣고 킥킥 웃었다.

너는 왜 아니야?

나는, 나는 잃을 게 없으니까.

이주는 잃을 게 없다고 말할 때면 우쭐한 표정을 지었다. 이주는 자신이 염세주의자라고 자랑하듯 말했다. 그게 뭐냐고 묻는 내게 이주는 세상을 반하는 사람들이라고 대답했다.

그러면 뭐 하는데?

보통 예술 하는 사람들이 그렇지. 그런 사람들이 세상을 바꾸는 거거든.

이주의 말을 듣고 있으면 이주가 꼭 그런 예술가처럼 보였다.

이주, 너는 외국에서 태어났으면 마릴린 먼로쯤은 되지 않았을까.

걔는 배우잖아.

이주가 비웃었다.

어쨌든, 뭐가 됐든. 넌 그만큼은 됐을 거야.

이번에는 내가 웃었다. 하지만 나는 알고 있다. 이주는 잃을 게 많은 사람이다. 이주가 그 남자를 잊지 못하는 것이 분명했다.

그러니까 너도 적당히 믿어야 해. 곤이가 하는 말 말이야.

이주가 말했다. 나는 고개를 끄덕였다. 나는 곤이를 믿지 않는다. 이주도 믿지 않는다. 나는 곤이가 다정해서 좋은 것뿐이다.

세상에는 두 부류의 사람이 있다. 믿음으로만 가득한 사람과 아무것도 믿지 않는 사람. 중간은 없다. 동물들은 대부분 전자다. 자신을 때려죽이려는 주인 앞에서도 꼬리를 흔들어대는 개 같은 멍청한 부류. 나는 이주도 사람처럼 살기를 바랐다.

이주는 남자와 헤어지고부터 멀미약을 먹기 시작했다.

머리가 아프면 두통약을 먹어. 이주.

내가 말했다.

원래 이 세상이란 게 말이야. 어질어질하고 복잡한 거야. 토할 것처럼.

이주는 대답하고 히죽 웃었다. 멀미약을 먹을 때면 이주는 죽여버린다는 말을 하지 않았다.

이걸 먹으면 잠이 와.

이주는 나른한 목소리로 말하며 손바닥에 올려둔 알약을 입 속에 털어 넣었다. 곧 이주의 몸뚱이가 늘어졌다. 이주는 잘 때만큼은 무방비 상태였다. 말려 올라간 티셔츠 아래로 흘러내리는 이주의 배가 보였다. 이주의 몸 안에 녹지 않은 약들이 수북이 쌓여 있을 것만 같았다. 나는 흰 눈에 새겨진 발자국을 따라 걷는 아이처럼 이주 배의 튼살을 따라 만졌다.

멀미약을 먹는 것도 그 새끼 짓이지.

나는 잠자고 있는 이주의 귓가에 대고 말했다.

이주는 잠에서 깨면 꿈 이야기를 해주었다.

어떤 날에는 자기가 모르는 여자의 비명이 되었다고 했

신보라

고, 다른 날에는 새빨간 육포가 되었다고 했다. 질겅질겅 잘도 씹더라. 이주는 말하면서 웃었다. 최근에는 유령이 되었다고 했다.

해리 포터 알지? 거기에 나오는 투명 망토. 그걸 쓰고 돌아다니는데 아무도 나를 신경 쓰지 않는 거야. 아무도 나를 안 봐. 그게 너무 신이 나서 하루 종일 돌아다녔는데 밤이 될 때까지 정말로, 정말로 아무도 나를 안 보는 거야. 나중에는 망토를 벗어도, 내가 뭔 짓을 해도 아무도 신경을 안 써. 그런데…… 그게 얼마나 무서운 건 줄 아니. 내가 정말 이 세상에 존재하지 않는 것처럼.

이주는 울 것 같은 목소리로 말했다.

악몽이네.

내가 말했다.

악몽이지.

이주가 내 말을 따라 대답했다.

내가 이주의 열 번째 그림을 팔고 왔을 때, 이주는 벽에 기댄 채 아이스크림이 먹고 싶다고 했다.

바닐라랑 초코가 적당히 섞인 걸로.

이주가 말했다.

바닐라, 초코. 알았어. 또?

수박.

수박?

응.

수박은 무거운데.

나는 잠깐 생각했다.

같이 가자.

내가 말했다. 이주가 눈을 치켜떠 나를 올려다보았다.

같이 나가서 고르자. 응?

나는 이주의 팔을 잡아끌며 말했다.

우리는 계단을 내려왔다. 이주가 뒤뚱거리며 걸었다. 골목을 나가 과일 트럭에서 수박을 샀고, 아이스크림을 사기 위해 마트에 갔다. 이주는 약품 가판대 앞에 쭈그려 앉았다. 임산부 크림. 시어버터 구십팔 퍼센트 함유. 튼살 크림이었다.

먹는 것도 좋지만 이런 데 돈을 아끼면 안 돼.

이주가 계산대에 아이스크림과 함께 튼살 크림을 올리며 말했다. 젊은 남자 계산원이 우리를 처다봤다. 남자는 제 손에 쥔 튼살 크림과 이주를 번갈아 봤다. 바코드 소리가 들렸다. 남자가 웃음을 참고 있는 것처럼 보였다. 나는 이주를 처다봤다. 이주의 얼굴이 벌게져 있었다. 이주 옆에 있으면 나는 충분히 말라 보인다는 것을 알고 있다. 나는 이주의 팔짱을 꼈다.

이주는 땀을 흘리며 걸었다. 이주의 손에 든 막대 아이스크림이 녹고 있었다. 아이스크림이 손목을 타고 흘렀다. 나는 그것을 바라보며 너무 더워, 하고 말했다.

그치. 정말 참을 수가 없어.

이주가 대답했다.

우리 앞으로 꼬리가 잘린 고양이가 지나갔다. 이주가 손을 뻗어 다가가자 고양이는 자동차 아래로 숨었다. 이주는 이제 사람보다 동물과 더 쉽게 사랑에 빠졌다. 나는 사랑하는 것이 없고, 동정하는 것이 없다. 두 가지 다 무의미하다. 자동차 아래로 숨어든 고양이에게 보내는 시선처럼 모두 휘발되는 것들이다.

쟤들은 말을 못 하잖아.

이주가 말했다.

쓸데없는 약속 같은 것도 안 하지.

이주가 웃으며 말했다. 이주의 가지런하고 하얀 치아. 나는 그것을 보면 기분이 좋아졌다.

모든 사람들이 말을 할 수 없었으면 좋겠어. 죽여버리지 않아도 되고. 그치?

이주가 눈을 반짝이며 내 동의를 구했다. 나는 고개를 끄덕이며 이주가 똑같은 얘기만 하지 않으면 지루하지 않을 텐데, 하고 생각했다. 이주는 매번 자기가 하는 말을 잊어버리고 또다시 말했다.

길고양이가 많은 이유가 뭔지 알아?

아이스크림의 나무 막대기를 손가락 사이에 끼운 채 이주가 말했다.

항상 발정 나 있으니까?

내가 대답하자 이주가 입을 크게 벌리고 웃었다. 이주는 손에 힘을 주어 막대기를 꺾었다.

꼭 자기 같은 생각만 해요.

나는 이주의 말을 듣고 기분이 상했다.

착한 사람들이 많은 거야.

이주가 재차 말했다.

왜?

다 챙겨주잖아. 공짜로.

나는 착한 사람, 하고 속으로 말했다.

우리는 골목으로 들어갔다. 이주의 아이스크림 막대처럼 꺾인 골목이었다. 헌옷수거함 앞에 실내 사이클이 놓여 있었다. 집에서 나올 때는 보지 못한 거였다. 검은색 사이클은 자전거와 똑같이 생겼지만, 바퀴가 없고 페달만 있었다.

누가 버렸나 봐.

내가 손가락으로 가리키며 말했다.

그러네.

이주가 대답했다. 이주는 슬리퍼를 끌며 걸었다. 그 탓에 이주의 발뒤꿈치가 한 번씩 바닥에 닿았다. 우리는 사이클 앞으로 다가갔다. 칠이 벗겨져 고물처럼 보였지만, 쓸모 있어 보였다.

비싼 거 같은데?

이주가 말했다.

그러네.

내가 대답했다.

가져갈까?

나는 고개를 돌려 이주를 보며 말했다. 이주가 미간을 찌푸렸다.

이주, 이거 가져가자.

내가 다시 말하자 이주는 고개를 저었다.

왜? 너한테 필요할 거야.

내가 덧붙였다. 이주는 혀를 찼고, 나는 사이클의 몸통을 들었다. 무거워서 들리지 않았다. 이주는 도와주지 않았다.

어쩌지.

나는 사이클 앞에 앉아 중얼거렸다. 이주가 한숨을 쉬며 다가와 뒷부분을 들었다. 우리는 거북이처럼 걸었다.

누가 잠깐 내놓은 거라면?

이주가 내 등에 대고 말했다. 내가 무어라 대답할지 생각하는 도중에 이주가 말을 이었다.

그럼 훔친 게 되는 거야.

아니지, 빌린 거지.

내가 반박했다. 이주도 생각을 하는지 대답이 없었다. 얼굴을 구기고 있을 게 뻔했다.

그러네.

뒤늦게 이주가 말했다.

필요 없어지면 다시 가져다 놓자.

이주가 재차 말했다.

우리는 빌라 계단 앞에 섰다. 계단을 보자 아득했다. 계단을 다 오를 때까지 숨소리만 들렸다. 더운 물속을 걷는 기분이었다. 다리가 내 마음대로 움직여지지 않았다. 순간 이주의 악몽들이 떠올랐다. 나는 고개를 두어 번 저었다. 이주가 먼저 손을 놓았다. 캉, 하는 소리가 들렸다. 사이클의 밑부분이 바닥에 쓸려 까졌다.

야.

이주가 소리쳤다. 나는 허리를 숙인 채 고개만 돌려 이주를 바라봤다.

수박 놔두고 왔잖아.

이주가 울상을 지었다.

우리는 사이클을 옥상에 둔 채 계단을 뛰어 내려갔다. 이주가 앞서 뛰어갔다. 이주의 살이 흔들리는 모습을 보며 나도 뛰었다. 사이클이 있던 자리에 도착했다. 수박은 없었다.

여기 놔뒀는데.

이주가 말했다.

도둑놈들.

이주가 씩씩거렸다.

우리는 사이클을 집 안으로 옮겨야 했다. 사이클을 놓을 공간이 없었다. 이주의 방은 숨겨둔 음식과 쓰레기로 가득했다. 모여 있는 페트병이 하나의 정물 같았다. 이주는 나를 흘끔 쳐다봤다. 나는 모른 체하며 내 방으로 걸음을 옮겼다. 내 방에는 커다란 침대가 있었다. 나와 이주가 눕고도 한 명이 더 들어갈 크기였다. 우리는 다시 거실로 나왔다.

어쩔 수 없지.

나는 말했다. 사이클을 거실로 옮기자 어느새 이주는 땀범벅이 되었다.

이주가 옷을 벗자 하얀색 레이스가 달린 팬티가 보였다. 이주는 엉덩이 사이로 말린 팬티를 끌어 내렸다.

어때?

이주는 부끄러운 아이처럼 물었다. 나는 팬티를 비집고 나온 이주의 엉덩이를 쳐다봤다. 살이 접힌 곳이 거무튀튀했다. 어디까지가 이주의 허리고 허벅지인지 분간이 가지 않았다. 나는 자꾸만 맞지 않는 팬티를 입는 이주의 모습이 멍청해 보였다.

예뻐.

내가 대답하자 이주가 웃었다.

우리는 속옷만 입은 채 나란히 벽에 기대앉았다. 텔레비전을 봤다. 거실 중앙에 있는 사이클이 시선을 가로막았다. 그 사이로 누군가는 울었고, 누군가는 웃었다. 누군가는 허겁지겁 먹었다. 텔레비전 속 여자들은 팔꿈치가 튀어나올 만큼 말라 있었다. 나는 내 팔꿈치를 내려다본 뒤 이주의 팔꿈치를 쳐다봤다. 이주의 팔꿈치는 꼭 작은 동물이 웅크리고 있는 모습 같았다. 이주는 적당한 뚱보여야 했다. 마르지도, 그렇다고 아무것도 못 할 정도로 살이 쪄서도 안 됐다. 이주는 그림을 그려야 한다.

이제 저걸 하루에 한 시간씩 타는 거야.

왜?

이주는 텔레비전에서 시선을 떼지 않았다.

그야. 너를 위한 일이니까.

이주가 픽 웃었다.

거짓말하지 마.

이주의 목소리가 날카로웠다.

내가 모를 것 같아?

이주는 고개를 돌려 나를 쳐다봤다. 눈꺼풀을 한 번도 깜박이지 않았다.

넌 내가 창피한 거지.

이주의 몸이 앞으로 달려들듯 쏠려 있었다. 나는 이주를 안았다. 푹신하고 따뜻한 고깃덩이에 안기는 느낌이었다. 퍽퍽 치고 싶어지는 질펀한 몸이었다.

다들 부러질 것만 같잖아. 네가 훨씬 나아. 이주야.

나는 이주의 등을 토닥이며 말했다. 뜨거운 것이 목구멍을 타고 오르는 것 같은 기분이 들었다. 이주의 심장 소리가 꼭 내 몸 안에서 들리는 것 같았다.

곤이는 내게 돈을 빌려달라고 했다.

아줌마 남편들이 나를 때려죽일 거야.

곤이는 그렇게 말하면서 울었다. 울음이 유일한 생존 방식인 어린아이처럼. 나는 서랍에 둔 현금을 떠올렸다. 현금을

153   신보라

생각하자 우는 남자들이 떠올랐다. 서럽게 우는 남자들의 얼굴 위로 곤이가 겹쳐졌다. 곤이의 울음은 나의 어떤 것도 바꿔놓을 수 없었다.

그 아저씨들이 너를 때려죽이면, 내가 그 아줌마들을 죽일 거야.

내가 말했다. 농담이라고 던진 말에도 곤이는 웃지 않았다. 곤이는 울음을 멈추지 않았다. 그깟 게 뭐라고. 울지 마. 질질 짜지 좀 마. 나는 속으로 생각했다.

나 이제 갈 곳이 없다.

곤이가 중얼거렸다.

나는 곤이의 말을 한 번에 이해하지 못했다. 도망갈 곳이 없다는 건지, 가고 싶은 곳이 없다는 건지 알 수 없었다. 나는 오줌이 마려웠다.

나는 곤이와 손을 잡고 우리 집으로 걸었다. 뜨거운 날씨 탓에 손바닥에 땀이 났다. 뜨거운 것은 좋다. 온 세상이 달궈지면 어떤 게 가장 뜨거운지 알 수 없으니까. 나는 곤이의 손 안에서 벗어나기 위해 꼼지락거렸지만, 곤이는 내 손을 놓지 않았다.

나는 곤이를 빌라 앞에 세워두고 계단을 올랐다. 이주는 보이지 않았다. 또 멀미약을 먹고 늘어져 자고 있을 것이다. 나는 내 방으로 들어갔다. 서랍을 열었다. 현금이 없었다.

이주의 짓일 것이다. 나는 이주의 방문을 두드렸다. 이주의 방은 조용했다. 문손잡이를 돌렸다. 문은 잠겨 있었다. 나는 최대한 다정한 목소리로 이주를 부르며 문에 귀를 가져다 댔다. 안에서 인기척이 들렸다. 나는 다시 손잡이를 조용히 돌렸지만, 열리지 않았다. 손잡이에 손을 얹은 채 문에 얼굴을 가져다 댔다. 나는 이주, 하고 속삭였다.

이주의 중얼거림이 들렸다.

순전히 다 사기꾼이야. 내가 믿지 말라고 했잖아. 전부 다 똑같아. 어쩜 다 똑같다고. 너도 말이야. 너도 아무것도 잃고 싶지 않으려면 나처럼 뚱보가 되어야 해. 그러면 아무도 약속 같은 건 안 하거든.

무언가 부서지는 소리가 함께 났다. 단단한 껍데기가 부딪히는 소리가 반복적으로 났다. 이주의 이빨이 맞물려 부딪히는 소리도 났다. 나는 이주의 말을 듣기 위해서 문틈 사이에서 안간힘을 쓰고 있었다. 꼭 이주가 된 기분이 들었다.

나는 빈손으로 내려왔다. 곤이는 얌전히 기다리고 있었다. 곤이가 나를 보자 환하게 웃었다. 곤이와 눈이 마주쳤다. 나는 돈을 가지고 오지 않았다. 곤이의 웃는 얼굴이 사라졌다. 곤이의 눈빛은 마치 바닥에 아무렇게나 놓인 쓰레기를 보는 것처럼 무심했다. 곤이는 더 이상 다정한 사람이 아니었다.

돈은?

곤이의 물음에 나는 고개를 저었다.

곤이야, 그런 건 없으면 만들면 돼. 네가 제일 잘하는 거잖아. 세상에는 다른 아줌마들이 많아. 어서 가.

내가 말하자, 곤이의 얼굴이 벌게졌다. 곤이의 얼굴 근육

신보라

이 순식간에 경직됐다. 곤이는 별안간에 내 복부를 내리쳤다. 있는 힘껏 쳤다. 딱 한 번이었다. 나는 휙 쓰러졌다.

너는 내가 진짜 원하는 게 뭔지 몰라서 그래?

곤이가 말했다. 나는 숨이 잘 쉬어지지 않았다. 그런 와중에도 그 한 번에 나가떨어졌다는 사실이 수치스러웠다. 그래서 슬프지 않았지만 눈물이 나왔다. 오줌이 나온 것 같기도 했다. 곤이가 나를 바라봤다.

나를 그런 취급 하지 마. 난 진심으로 사랑했어.

곤이의 뒷모습이 점점 멀어졌다. 나는 길바닥에 누워 되돌아가는 곤이를 바라봤다. 배가 아픈 건지, 오줌이 마려운 건지 구분하기 힘들었다. 바닥이 뜨겁게 달궈진 탓이었다. 나는 곤이가 다시는 돌아오지 않을 것을 직감적으로 알았다.

시시한 새끼.

나는 중얼거렸다. 다정함이 필요해지면 또 다른 곤이를 찾으면 됐다.

이주는 옥상에 있었다. 입가에 하얀 가루를 가득 묻힌 채 은색 돗자리를 깔고 있다. 햇빛이 반사되어 눈이 부셨다. 나는 얼굴을 찌푸렸다.

뭐 해?

피크닉.

이주가 웃었다. 우리는 돗자리가 날아가지 않게 모서리마다 신발을 놓았다. 이주가 벌러덩 눕자 맨살이 드러나 햇살에 번들거렸다. 이주는 그림을 그리는 것보다 크림을 바르는 데 더 열중했다. 아마 내 돈을 훔쳐 크림을 사는 데 썼을 것이다. 이주는 다시 그림을 그리지 않고 있었다. 튼살만 사라지면 모든 것이 제자리로 돌아온다고 믿는 게 분명했다.

피크닉이라며.

나는 이주를 바라보며 맨발로 섰다. 내 몸이 이주의 몸 위에 그림자를 만들었다.

응, 피크닉.

김밥은?

촌스럽게.

이주가 바람 빠진 웃음소리를 냈다. 이주의 머리카락이 흔들렸다. 나는 입을 동그랗게 오므려 불어오는 바람 소리를 따라 했다. 쇳소리 같은 휘파람 소리가 났다.

세상이 온통 하늘로 가득해.

이주가 울상을 지으며 말했다. 이주가 울상을 지을 때면 내가 더 우울해졌다. 일부러 저러는 건가 싶었다. 혼자만 우울해지기 싫으니까. 우울함마저 나와 함께하려고.

나는 그렇게 생각하며 이주를 지나쳐 옥상 난간으로 다가섰다. 아래를 내려다보았다. 한 남자가 걸어가고 있다. 열심히 움직이는 두 다리를 보고 있자니 세상이 움직이는 기분이 들었다. 나는 난간 밖으로 몸을 더 기울였다.

이주가 소리쳤다. 깜짝 놀라 뒤를 돌아보자 몸을 반쯤 세운 이주가 나를 바라보고 있다.

신보라

놀랐잖아.

이주가 말했다.

나와 이주는 두 가지 약속을 했다. 먼저 죽지 않기 그리고 하루에 한 시간씩 사이클 타기. 첫 번째는 이주가 말한 것이고, 두 번째는 내가 말한 것이다. 이주는 이주를 위해서 말했고, 나도 이주를 위해서 말했다. 하지만 이주는 더 뚱뚱해지고 있다. 이러다가 이주는 평생 그림을 그리지 못할 만큼 거대해질 것이다.

나는 이주 곁으로 돌아와 누웠다.

맞네. 온통 하늘이네.

구름이 움직이고 있었다.

이주, 우리 제일 높은 곳에 가보자. 세상이 우리 아래에 있을 수 있게.

내 말을 듣고 이주는 배에 손을 올리고 깔깔 웃다가 점점 웃음을 그쳤다. 이주가 고개를 돌려 나를 똑바로 쳐다봤다.

좋아. 좋은데? 잠깐만, 진짜 좋다 그거.

우리의 약속이 세 가지로 늘었다. 나는 하늘을 보며 이주와 함께 온 세상을 내려다보는 모습을 상상했다. 이주는 매일 하늘을 올려다보니까 우울한 거야, 내려다볼 줄도 알아야지, 하며 중얼거렸다.

이주는 나른한 표정으로 졸기 시작했다. 눈으로 세상을 뱉어내기라도 하는 듯이 천천히 끔벅였다. 이주는 무슨 꿈을 꾸고 있을까. 악몽을 꾸고 있을까. 이주는 아무것도 모른다.

악몽을 잊어버리려면 더 지독한 악몽을 꿔야 한다는 것조차도. 나는 이주 옆에 있는 크림 통을 쳐다봤다. 주먹만 한 크기의 동그란 통이었다. 버려야겠다고 생각했다.

나는 뚜껑을 돌렸다. 값싼 플라스틱의 마찰 소리가 나며 약 냄새가 풍겼다. 누런빛을 띠는 백색 크림은 지방을 녹여놓은 것처럼 보였다. 웜 화이트. 이주가 말한 따뜻한 흰색이었다. 나는 진득하고 누런 크림에 손가락을 찔러 넣었다. 차가웠다. 이렇게 차가운 걸 배에 바르고 있었으니, 계속 우울했던 거야. 나는 다시 난간 가까이로 다가갔다. 이주는 아직 깨지 않았다.

크림을 전부 바닥으로 떨어뜨리자 질퍽한 소리가 났다. 이상한 쾌감이 들었다. 뒤를 돌았을 때 이주에게로 해가 비쳤다. 번들거리는 몸에 해가 닿자 이주가 반짝거렸다. 나는 이주에게 분노가 쌓이길 바랐다. 분노는 이주의 일상을 활기차게 만들어줄 것이다. 그러면 우리는 더 나아질 것이다.

나는 이주에게 다가갔다.

이주, 이런 건 다 소용없어. 이런 거에 정신이 팔리면 넌 아무것도 할 수가 없어.

나는 이주에게 말했다. 눅눅한 바람이 다시 불어왔다.

집으로 돌아오자마자 이주는 사이클에 앉았다. 페달을 돌리지는 않았다. 이주의 등 뒤로 해가 쏟아져 들어왔다. 이주의 실루엣이 뭉개져 보였다. 오래전부터 쌓아놓은 쓰레기더미 같기도 했고, 오랫동안 혼자였던 유령처럼 보이기도 했

신보라

다. 눈에 햇살이 익숙해질 즈음 이주의 형체가 제대로 보이기 시작했다. 이주가 졸음에 겨운 표정으로 늘어지게 하품을 했다. 나도 이주를 따라 하품을 했다. 눈물이 맺혔다. 시야가 흐릿해져 이주가 다시 커다란 더미처럼 보였다. 나는 눈을 깜박거렸다. 어느새 이주의 손에 플라스틱 통이 들려 있다. 이주는 반복적으로 가루를 퍼먹기 시작했다. 나는 지독한 허기를 느꼈다. 이주의 손에서, 이주의 입에서 저것을 뺏는 일은 쉬운 일일 것이다. 그래서 나는 이주를 그냥 놔두었다.

에세이

이리저리 엉망진창 짠짜라짜잔

¶

김혜빈

1

불안해요. 별다른 일은 없고요. 휴일 없이 글을 써요. 무언가를 마감한 날엔 집을 청소해요. 성능이 각기 다른 락스와 물때 제거제, 곰팡이 제거젤을 하나둘 모으다 보니 팬트리가 가득 찼네요. 청소할 때 입는 옷은 따로 정해져 있지 않지만, 그날 입었던 차림 그대로 청소하느라 버린 옷은 많아요. 쓰레기는 쌓이지 않게 그때그때 처리하고 재활용도 열심히 해요.

　　밤을 몇 번 샌 뒤로 새벽 두 시에 자서 아침 열 시에 일어나고 있어요. 몸이 안 좋아지는 것 같아서 패턴을 다시 맞추기 위해 노력 중이에요. 아침으로는 뮤즐리를 먹는데, 두유로 만든 요거트, 카카오닙스와 블루베리를 함께 곁들여요. 여유가 날 때는 긴 시간 동안 요리만 해요. 가끔 일하기 싫을 때도

163

김혜빈

요. 최근 자신하는 메뉴는 가지볶음과 두부강정이에요.

운동을 꾸준히 하고 있어요. 달리기를 좋아해서 작년에만 세 개의 마라톤에 참가했고요. 자유상을 보면서 마라톤을 한 날이 특히 인상 깊어요. 무릎 부상 때문에 빠르게 달리진 못하고 오래 뛰어요. 스텝밀과 레그프레스도 좋아하지만 최근엔 집에 있는 로잉머신만 당겼어요. 그리고 또 말할게…….

2

돌이켜보면 한 번도 작가가 돼야겠다고 진심으로 마음먹지 못했어요. 작가가 되고 싶다고 누군가에게 말한 순간조차도 저 자신을 믿지 않았어요. 제가 쓴 글을 처음으로 읽어주었던 바다는 왜 이렇게 우울한 글만 쓰냐며 절 타박했고, 그 일은 제게 큰 상처가 되었거든요.

열 살 때 처음 소설을 썼어요. 그때 썼던 소설에는 한 외로운 남자가 나와 네온사인이 가득한 거리를 걸어 다녀요. 그는 지나치는 많은 이들과 대화를 나누다가 마지막으로 가로등과 이야기해요. 그 가로등은 키가 아주 커 도심을 훤히 내려다보고 있어요. 어디로 가야 하냐고 가로등에게 묻던 남자는 가로등이 한 번도 나고 자란 곳을 떠나지 못했다는 걸 알고 낙담해요. 그러니까, 아무리 긴 목으로 이곳저곳을 둘러본다고 해도 갈 길을 모른다는 건 마찬가지였던 거죠.

저 역시 그래요. 열 살 이후로 한 번도 어디로 가야 하는지 알지 못했고, 다 자란 지금도 마찬가지예요. 이리저리 헤매고 여전히 엉망진창이죠. 다만 몇몇 고마운 사람들 그리고 가슴이 두근거릴 만큼 좋았던 이야기들이 있었기에 느리게나마 걷고 있어요.

고향을 떠나던 날, 줄 것이 있다며 연락하던 J가 생각나요. J는 멍하니 4차선 도로 앞에 서 있던 저를 불러 어서 학교에 가자고 말해주던 따스한 친구였어요. J가 준비한 이별 선물은 끝내 받지 않았지만요. J는 그 사실을 퍽 섭섭하게 생각했죠. 우리는 그 뒤로 멀어졌고, 후엔 연락이 아예 끊기고 말았어요.

어쩌면 그런 순간, 맞닿으려고 했던 마음이 비켜나간 순간들을 적고 싶어서 계속 글을 썼는지도 모르겠어요. 누군가에게 보여주기 위한 글이나 무언가를 증명하기 위한 글이 아닌, 제 목소리가 생겼을 때 사람들과 소통할 수 있는 통로가 생겨 퍽 기뻐요. 등단의 장점이란 바로 그런 것이겠죠. 통로가 생성된다는 것이요. 저는 계속해서 다성적인 목소리를 내고 싶어요. 한마디로, 이리저리 엉망진창 짠짜라짜잔.

3

요새는 작가로서의 저보다 한 명의 인간으로서의 저를 자주

김혜빈

생각해요. 목표는 아주 커요. 조용히 계속 쓰기. 사는 일에 노련해지기. 아무리 나이를 먹어도 라이터를 켜질 못한단 사실을 받아들이기. 잠자코 성냥을 모으기. 몇 개는 실천 중이에요. 언젠가는 다 이뤄지겠죠. 이리저리 엉망진창이 아니라 이리저리 엉망진창 짠짜라짜잔, 네온사인이 가득한 거리를 빠져나와 걸을 거예요.

걷고 싶어요. 무릎을 다친 뒤로 마음만큼 뛰지 못하게 됐지만 그래도 계속 달리고 있는 것처럼. 어쨌든 걸으려고요. 어떻게든 하겠단 마음으로. 스트레칭을 해온 시간은 길었으니까 이씨 하자, 걷자, 하면서 두 발을 내딛으려고요.

그러니 같이 걸어볼까요. 마음이 엇갈려도 괜찮으니까, 짠짜라짜잔 하고.

4

제철 음식을 많이 드세요. 햇사과, 햇밤, 햇고구마를. 술을 맛있게 먹는 방법도 탐구해보고, 좋아서 시작했던 일을 외면했다가 다시 슬금슬금 다가가도 보시길 바라요. 뭘 건방지게 권하느냐고 말하신다면 그 자리에서 바로 울겠습니다.

5

울어보겠습니다. 걸으면서, 달리면서, 뜀박질하면서. 그래도

분이 안 가시면 하늘을 보며 우리가 아직 같은 지상에 있다는 걸 되새겨보겠습니다.

6

안개 속에서도 눈을 뜨라는 정훈희의 노래처럼 눈물을 감추고 걸을게요. 바라는 것이 있다면 그뿐이에요. 눈물을 감추고 걷기.

7

계절이 뚜렷한 나라에서, 오늘과 내일이 분명히 구분되는 곳에서 두꺼운 겉옷을 입은 채 빙수를 먹어보아요. 분명 웃음이 날 것입니다.

김혜빈

24시간 점포

¶

김사사

1

조금 전 꽤 긴 꿈을 꾸었는데, 얼굴이 익숙한 사람들과 차를 나눠 타고 연고도 없는 먼 도시(실제로는 존재하지 않는 듯한)로 갔습니다. 그곳에서 둥근 돌로 지은 집 여러 채를 둘러보고, 어느 집에서 살면 좋을지 고민하다 다시 차에 올라탔습니다. 그러고는 동상이 참 많고 온통 세모꼴 지붕의 건물뿐인 이국(역시 현실에는 없는)에도 들렀다가, 이름 모를 독재자를 만나 인사하고, 한참을 걷다 여기에는 있을 리 만무한 가족을 만나고, 또다시 걷고 빈털터리가 되어서 망연자실하고…… 그런 내용이었습니다.

분명 더 많은 장소에 다녀왔거나 더 많은 사람과 생물과 날씨를 만났을 테지만, 눈을 뜬 순간 이미 내용의 대부분이 날아가 조각조각만 남았습니다. 아무리 생각해보아도 그리 좋은 꿈은 아닌 데다 현실성이나 가능성도 없고, 복권을 살 만하지도 않고, 기분이 나아지지도 않았지만 원래 꿈은 그런 거잖아……라고 생각하자 왠지 여행 같았다는 감상만 남았습니다. 왜 그랬을까요?

2

매일은 아니더라도 주기적으로 일기를 써야지 다짐하지만, 그런 일은 잘 이루어지지 않습니다. 그래도 설거지와 빨래는 미루지 않고 해냈다는 데서 줄곧 안도하고 있습니다. 헛소리도 아주 많이 합니다. 그 버릇 탓에 주로 혼자 있어 긴장이 풀리면 어떤 말들을 입 밖으로 불쑥 뱉기도 합니다. 점점 더 자주 그렇게 합니다. 몇 해 전부터 분기별로 어떤 헛소리를 했는지 기록하는 파일을 만들기 시작했습니다. 나중에 모아놓고 읽어보면 꽤 재미있습니다. 어떤 헛소리와 어떤 생각들은 매 분기 빠지지 않고 등장하고, 과거에는 많이 등장했지만 이제는 전혀 나타나지 않는 것들도 있습니다. 은연중에 제 나름의 기승전결을 갖춘 구절들도 종종 있고, 삼 년 전 겨울의 것이 올여름의 것을 만나 이어지기도 합니다. 이것으로 가느다란 실을 엮듯 글을 쓰기도 했습니다.

　버릇이 계속되자 실없는 일 좀 그만하고 머릿속에 뭘 담아두지 않아야 한다고, 그러니까 네가 이상한 꿈을 많이 꾸는 게 아니냐며 가족에게 한 소리 듣기도 했습니다. 처음엔 그런 말들이 서운했는데, 근래에는 정말 그런 걸까 잠깐 의심하기도 했습니다. 올해는 유독 몸을 많이 움직이고 있습니다. 고정적인 일상 외에도 어딘가에 가거나 무언가 보거나 새로운 사람들을 만날 일이 다분했습니다. 눈에 들어오는 낯선 것들이 늘어갈수록 헛소리도, 고민도 늘었는데 기억하고 감각하는 것 중 십중팔구가 '밉게' 보인다는 게 가장 큰 문젯거리였습니다.

특히 사람이 그랬습니다. 이야기를 읽거나 공연을 보는 도중에는 꼭 한 번씩 아 저 사람 도대체 왜 저러는 거야, 이해할 수가 없네, 당최 받아들일 수가 없어, 정말 짜증 나네…… 같은 생각을 하게 되고 끝내 미워하게 됐습니다. 실재하는 사람들에게도 가끔 그랬습니다. 잊고 있다 문득 돌아보면 어느새 다 말라버린 물기처럼 금방 휘발되면 좋을 텐데요. 그런 생각들은 원치 않게 오래오래 가다 결국 세계란 왜 이 모양인지 모르겠다는 질리고도 애매모호한 마음으로 귀결됩니다.

3

어떻게 그렇게 살갑고 친절할 수 있는지. 어떻게 그렇게 해로울 수도 있는지. 어떻게 그렇게 정반대로 나아가는 것들이 하나의 세계로 불릴 수 있는지 잘 모르겠습니다. 치밀하게 구성되고 계획된 곳 같다가도 역시 주먹구구식으로 흘러간다

김사사

니까, 싶은 확신이 드는 때가 많습니다. 친구와 가족이, 떠돌 거나 머물 데가 있는 생물이, 길을 가는 모르는 사람이, 자라 나고 사라지고 죽는 것들이, NPC 같은 상점 주인들이, 공기 와 물줄기들이, 그 모든 게 한데 모여 일어나는 크고 작은 일 들을 보고 있으면 잠잠하다가도 반동하는 듯합니다. 하지만 반동이라니요. 실은 잠잠한 게 아니었던 거야, 이런 헛소리도 해봅니다.

　그간 자꾸만 미워지는 것들에 대해 떠올리며 내 마음이 아주 많이 비어 있나 보다 여겼습니다. 다만 책을 덮거나 공 연장을 나선 뒤 혹은 누군가와의 대화를 끝낸 뒤에 이런저런 반동 같은 헛소리들을 늘어놓고 우울해했다가 시간이 좀 지 나서 다시 곱씹어보면, 끝내 대부분의 것들이 사랑스러워 보 이고 말았습니다. 악역에 가깝던 사람들, 불행에 가깝던 일 들도 마찬가지로 조금씩 사랑스러운 구석을 가지고 있는 것 처럼 보였습니다. 그러자 내게도 그런 것들이 있으면 좋겠다, 중얼거리게 됩니다. 내가 쓰는 공간과 장소와 인물들 역시 마 주하는 순간에는 썩 정이 가지 않고 심심할지 몰라도 마지못 해 사랑스러워졌으면 하는 바람으로 씁니다. 빙 둘러 가는 길 일까요? 그러나 그런 일을 상상하면 기분이 좋습니다.

　며칠 전 다시금 헛소리 기록 파일을 살펴보는데 '24시 간'에 관한 이야기가 참 많았습니다. 이 키워드는 매 분기 빠 지지 않고 등장한다던 것 중 하나인데, 지금 마음이 가닿는 곳과 가장 밀접한 듯합니다. 늦은 밤 길을 걷거나 버스를 탈 때면 혹은 새벽의 국도를 지나가다 보면 환한 점포들이 눈에 띕니다. 사방이 캄캄한 중에 불을 밝힌 곳이니 자연스레 시선이 가는 것이기도 하겠지만, 누구든 언제나 드나들 수 있다는 데서 더욱 눈길이 갑니다. 그곳에는 점원이 있을 수도 없을 수도 있습니다. 손님이 들끓거나 텅 비었을지도. 다만 내내 열려 있을 그곳에서 언젠가 누군가와 대화해보고 싶습니다.

　이왕이면 그런 이야기를 쓰고 싶습니다. 사람은 왜 사람으로, 또 다른 것들은 왜 그 나름의 존재로 태어나 살아가는지. 우리가 엇비슷한 일들을 반복할 때 달라지는 건 무엇인지, 또다시 세계는 어째서 세계로 불리는지. 여전히 잘 모르겠습니다. 왠지 여행 같았던 꿈과 꿈 같은 이곳에서 내내 기다리며 무언가 찾아낼 수 있다면 좋겠습니다.

김사사

달라지지 않을

¶

공현진

'등단 이후 작가로서의 삶'에 대한 에세이를 써달라는 청탁을 받았다. 등단 제도에 대한 생각은 제하고, 그저 주제에 집중하여 써보고자 했는데 꽤 어렵다. 등단 이후 작가의 삶을 말하자니 한편으론 아직 그 기간이 짧기에 머쓱하다. 또 한편으로는 머쓱해해선 안 된다는 생각도 든다. 등단 여부나 기간과 상관없이 쓰는 자로서, 그 자체로서 작가라는 자의식을 가져야 한다는 생각도 든다. 어느 쪽이 되었든, 작가로서의 삶을 계속해나갈 것이라는 믿음으로 써보겠다.

등단 이후 무엇이 달라졌는가 생각한다. 무언가 달라진 것 같기도 하고, 그렇지 않은 것 같기도 하다.

우선 달라지지 않은 점은 계속 써왔고, 지금도 쓰고 있고, 앞으로도 쓸 것이라는 확신. 나는 이 확신으로 등단 이전에도 소설을 썼다. 계속 썼다. 당선이 나의 목표는 아니었다.(그래야 계속 쓸 수 있었다!) 등단, 당선. 그 자체가 목표가 되는 것을 경계했다. 해야만 했다.

허세도 과장도 아니라고 자신할 수 있다.(있나? 나에게 반문해보는데, 일단 '있다'라고 말하고 본다……. 말줄임표의 의미는 알아서 생각해주시길.) 일종의 자기방어였을 수는 있겠지만, 소설을 투고하고 당선되지 않더라도 실망하지 않기로 했고 정말 그랬다. 조금이라도 실망하는 기색을 보일 것 같으면 나 자신에게 물었다. 등단이 목표냐고. 소설을 쓰고 싶은 거 아니냐고. 그래서 소설을 썼다. 소설을 쓰는 모든 이들에게는 당연한 이야기겠지만. 실망이든 불안이든 어떤 혼란스러운 마음이든 그 마음을 다잡는 가장 좋은 방법은 소설을 쓰는 일뿐이었다. (이 글이 칠전팔기 합격 수기나 멘탈 관리법처럼 되어서는 곤란하다. 그런 걸 쓰고 싶진 않다. 자칫…… 이미…… 그런 경향이 비치는 것도 같다. 그러니 이쯤 해야겠다.)

나는 이전에도 소설을 썼고, 앞으로도 계속 쓸 것이라고 생각했다. 소설을 사랑하니까, 좋아하니까, 즐거우니까. 그러니 지금 당장이 아니어도 작가가 될 거라고 믿었다. 당장 작가가 되느냐의 문제는 중요하지 않다고 생각했다. 나는 나의 삶에서 평생 무슨 이야기들을 써나가고 싶은가. 그런 생각을 하며 소설을 썼다.

나는 내가 늘 쓰는 사람이었다는 것에서 자신감을 얻는

다. 오늘도 썼으며, 내일도 쓸 것을 안다. 즐거운 일이다.

그렇다면 달라진 점? '식단'에 대한 환상이 생기고 있다.

지금 나의 생활에 있어 목표는 집에서 직접 요리를 해서 밥을 먹는 것이다. 건강한 요리를! 배달 음식의 포장 용기들에 물든 양념을 물로 씻어내고, 분리수거를 할 때마다 죄책감이 든다. 쌓여 있는 플라스틱들! 환경 파괴의 주범! 나는 죄책감을 누르며 다짐한다. 곧 장을 보고 필요한 만큼만 사고, 먹을 만큼만 요리를 해 먹을 것이라고. 그렇게 되면, 그러니까, 건강한 요리를 직접 만들어 먹는다면, 그만큼 더 건강한 생활을 하게 될 것 같고 그러면…… 더 좋은 글을 쓸 수 있을 것만 같다. 이번 마감이 끝나면 꼭 그렇게 해야지, 참담한 마음으로 다짐한다.

물론 이는 환상이라는 걸 안다.

등단 직전에, 그러니까 2022년에 나는 좀 건강한 삶을 살았던 것 같다. 개인적인 이야기를 하면, 나는 2021년에 박사 논문을 썼다. 건강을 돌보지 않고, 매일 일어나자마자 책상에 앉아 논문을 썼고 잠들 때까지 계속 썼다. 운동도 하지 않았고, 식사도 엉망이었다. 나는 박사 논문을 준비하는 대학원 동료에게 박사 논문을 쓸 수 있는 동력으로 "박사 논문을 다 쓰면 행복해진다! 지금은 안 행복하니까!"라는 약간 SES의 '달리기' 같은, 자기 계발의 화신 같은 조언을 건넸다.(이때의 '행복'은 생활 또는 생계의 안정과는 전혀 무관한 '행복'임을, 굳이 밝

히지 않아도 대학원생들은 모두 알 것이다.) 하지만 정말 나는 그런 최면으로 박사 논문을 썼다. 이거 다 쓰면 행복하겠지? 이거 다 쓰고 나면…… 소설 쓸 시간이 생기겠지? 나는 소설 쓸 시간이 생길 거라는, 그 시간만큼은 소설을 잔뜩 쓸 거라는 희망으로, 이후의 행복에 대한 상상으로 박사 논문을 썼다. 그리고 건강을 잃었다.

2022년에 나는 내가 상상했던 행복을 좀 실현한 것 같다. 그러려고 애썼다. 소설을 쓰고, 수영을 배우고, 가급적 직접 요리를 해 먹으려 했다. 매일 글 쓰고, 수영하고, 밥 먹고.(일에 대해서는 생략한다.) 행복한 일상이었다.

애석하게도 근래에는 그러지 못했다. 요리를 하는 것은 정말 에너지가 필요한 일이다. 나의 모든 에너지를 소설을 쓰는 데 쏟아내느라 요리를 할 힘이 없었다. 대신 수영은 꼭 갔다. 건강을 잃지 않아야 글을 쓸 수 있다는 사실을 경험한 바 있으므로.

건강한 삶의 이데아를 부풀리며 그 삶을 실천할 나를 상상하지만, 지금은 지연시키고 있다.

내가 쓰는 소설을 이제 나 혼자만이 아닌 누군가가 읽어줄 거라는 '느낌'은 나를 감격에 차게 하지만 두렵게도 한다. 내가 쓰는 소설이 소설이어야 할 텐데, 하는 두려움. 자꾸 실패하는 것 같고, 실패할 것 같아서 무섭다. 나의 한계와 실패를 나의 글에서 발견하면서, 그러면서 애꿎게 식단 타령이나 해본다.

하지만 실패에 압도되는 것이 아니라, 나의 실패를 확인하며 써나가는 것이 곧 소설을 쓰는 일임을 안다. 역시나, 나의 불안을 덮는 일은 소설을 쓰는 일뿐임을 안다. 그걸 알아서 참 다행이라고 생각한다.

이전의 일기장을 보았다. 나는 소설을 쓰고 싶거나 쓰고 있거나 썼을 때, 그 마음을 옮겨 적었다. 소설을 쓰고 싶다, 어떤 소설이어야 할까, 어떤 소설이어야 한다, 따위의 문장이 가득한데 그 내용은 때때로 바뀐다.

어떤 때는 나를 감추고 쓰려 하고, 어떤 때는 나를 감추지 않고 써야 한다고도 여긴다. 나는 나의 불안과 비겁함과 치졸함을 감추고 글을 쓴다고. 그 비루하고 볼품없는 나의 모습들이 쏟아져 나올까 봐 두려워하며 글을 쓴다고. 그러다가도, 그 모든 나의 비루한 마음들을 직시하고 쏟아내고자 글을 쓴다고.

소설을 쓰는 것은 멋진 일이다. 나의 마음을 지켜보며, 그 형편없음을 깨달으며, 소설을 쓸 수 있는 일은.

소설 한 편을 탈고했다.

작가로서의 삶을 앞으로도 살아갈 것이라는 사실이 감사하다. 정말 즐거운 일이다. 소설을 읽고 쓰는 일. 나는 내가 쓰는 사람이라는 사실이 무한하고 아득한 축복으로 여겨진다.

공현진

거리에서 온더록스

¶

하가람

지난여름은 부산했다. 작년 유월, 추영을 만난 날은 유독 그랬다. 오전에는 업무 문제로 종일 타인에게 사정해야 하는 일이 있었고, 오후에는 직장에 퇴사 의사를 밝혔다. 〈두 번째 원고〉의 청탁을 받은 것도 그날이었는데, 마냥 기쁘면서도 모종의 불안이 내면에 자리하고 있었다. 추영도 추영 나름의 사정이 있었다. 몸이 아프고 번아웃이 왔다고 했는데 평소와 다르게 며칠 연락이 안 되었던 걸 보면 아마 털어놓기 어려운, 혼자 생각에 잠길 시간이 필요했던 것 같았다. 그날 저녁에 만난 우리는 언뜻 서로가 지쳐 있다는 걸 알았지만 그 이유에 대해서는 말하지도 묻지도 않았다.

처음은 다섯이었다. 카페에서 호프집, 호프집에서 거리로 나오며 일행은 다섯에서 셋으로, 셋에서 둘로 줄었고, 마지막으로 남은 것이 추영과 나였다. 우리는 조금 더 이야기를 나눌 장소를 찾아다녔다. 위스키 바나 설렁탕집 같은 가게를 몇 군데 방문했지만 모두 마감이나 휴업 중이었다. 새벽 두 시를 넘어가고 있었으니 그럴 만도 했다. 결국 옆 동네로 향하던 우리는 용산역 근처에서 야외 테이블이 넓게 깔린 편의점을 발견했다. 그곳에는 여름철 습기에도 아랑곳 않은 채 담소를 나누는 이들이 있었는데, 특이하게도 다들 마주 보지 않고 길가를 향해 일자로 나란히 앉아 있었다. 우리는 편의점에서 소주 한 병과 얼음 컵 두 개를 사서 테이블에 앉았다. 물론 그들처럼 플라스틱 의자를 한 방향으로 두고서. 편의점 앞에는 터널로 이어지는 넓은 도로가 있었다. 가로등 불빛이 텅 빈 도로를 비추었다. 차들이 분주하게 터널을 오갔을 한낮의 풍경을 떠올리며 소주를 얼음 컵에 따랐다.

추영을 처음 알게 된 건 대학원 수업에서다. 야무진 다람쥐 같다는 첫인상은 지금도 여전하다. 세상의 많은 것을 담고 싶어 하는 동그랗고 커다란 눈. 수업에서 가까워진 후로 삼년간 우리는 서로의 소설을 읽어왔다. 연락을 자주 하지 않는 내 성향 탓에 혹은 우리가 서로를 너무 배려하는 탓에, 우리는 힘든 일이 있을 때 모든 걸 공유하지는 않는다. 때로는 그 일로부터 한참 멀어진 뒤에 한마디만 툭 던지고 지나가기도 한다. 그냥 일이 좀 있었어, 하고. 한편 이런 생각도 한다. 우리는 서로의 소설을 계속하여 읽어왔으니 말하지 않아도 알게 되는 부분이 있다고. 소설은 꾸며진 이야기지만 작가의 가장 내밀한 마음이 숨어 있기도 하니까. 소설의 어떤 부분은 작가보다 앞서서 쓰이기도 하니까.

그날 새벽 우리가 나눈 이야기도 대체로 소설에 대한 것이었다. 추영이 내 소설 「재와 그들의 밤」 얘기를 꺼낸 게 시작이었다. 오래전 내가 그 소설을 처음 보여주었을 때 추영은 화자의 마음을 이해하기 어려웠다고 고백했다. 그러다 얼마 전 울산에 방문할 기회가 있었는데, 소설에 나오는 공업탑을 돌다가 우연히 그 화자를 만나게 되었다고 했다. 어디에도 속하지 못해서 그저 같은 자리를 반복하여 맴도는 한 사람을. 반가웠어. 추영이 말했다.

나 또한 이따금 추영의 인물과 조우한다. 길에 떨어진 능소화를 볼 때, 바닥에 납작하게 드러눕고 싶을 때 혹은 특별한 이유 없이 문득 밤에 불쑥. 그런 이야기를 나도 추영에게 했었나. 잘 기억나지 않는다. 내가 기억하는 건 이런 것들. 우리가 어쩌면 서로의 소설을 빌려 자신의 이야기를 하고 있을지도 모른다는 생각. 서로의 이야기를 통해 각자의 마음을 바라보고, 어루만지고, 짐작하고 있다는 생각. 이상한 일이었다. 나에 대한 어떤 말도 하지 않았는데 많은 것을 이해받고 있다는 기분이 드는 건.

"피곤하지 않아?"

추영이 물었다. 그 말을 들으니 급격히 노곤함이 몰려왔다. 한낮의 복잡했던 마음은 어느새 가라앉아 있었다. 눈을 지그시 감았다가 떴다. 푸른 새벽이 흘러갔다. 얼음은 술 안

하가람

에서 점점 녹아가고 누군가 물을 탄 듯 하늘색이 맑게 변해
갔다.

혼자 있을 때 나는 아주 나이 든 사람이 된다. 세상은 점
점 나빠지고 나는 더 좋아지지 않은 채로 혼자 늙어가겠지.
그런 생각을 자주 한다. 그러면서도 추영과 그토록 긴 밤 얘
기를 나누다 보면 새삼 알게 된다. 추영이 만드는 인물들이
나를 움직이게 한다는 걸. 때때로 그들을 마주할 때 느끼는
마음이 있다는 걸. 위로나 연대감과는 다른, 그들은 그들대로
나는 나대로 각자가 거닐고 있다는 어떤 안전한 마음을. 추영
은 나의 인물을, 나는 추영의 인물을, 각자의 일상에서 마주
치다 보면 어느 소설에는 서로의 인물이 한 스푼씩 옅은 농도
로 섞여 들어갈지도 모른다. 이를테면 추영 5%, 가람 7%의
형태로 말이다. 그런 방식으로 우리의 세계는 앞뒤를 모르고
뒤섞일 것이다. 맑고 맑게.

새벽달이 점점 옅어지며 동쪽으로 멀어져갔다. 편의점
직원이 나와 의자를 하나둘 정리했다. 어느새 소란하던 사람
들은 모두 떠나고 자리를 차지하고 있는 건 우리밖에 없었다.
돌아갈 시간이었다.

"다음에 또 놀아."

추영이 말했고 나는 다음이라는 말을 속으로 곱씹었다.
그리고 아마 어쩌면 조금 울었을지도. 추영은 그걸 봤을까?
그건 말이지…… 단지 하품 때문이었어. 친구야.

'도'와 '든'으로 살기

¶

신보라

1

명명된 것들에 대해 자주 생각한다.

사람, 사물 등에 이름을 지어 붙이는 것. 이미 명명되어 버린 것들. 의자와 컵과 딸기, 슬리퍼와 엄마와 물고기 같은 것. 명명과 멸망. 시계와 세계. 책과 척 같은 것까지. 광대한 언어의 세계에서 내가 선택할 수 있는 것은 최선이 아닌 차선이다.

말을 더듬는 행위란 말을 고르는 것이고 말을 멈추는 행위도 말을 고르는 것이라고 생각하면서, 결국 그 시간이란 내가 전하고자 하는 마음과 가장 비슷한 언어들을 골라 조합하는 것.

잘 지내세요,라는 마음을 표현하기 위해 이미 명명되어

버린 언어를 선택하여 글을 쓰는 것. 잘 지내세요?라는 물음을 전달하기 위해 이미 명명되어버린 언어를 선택하여 말을 하는 것. 잘,의 의미를 잘 아는 것. 사람과 인간을 구별해내는 것. 악몽과 허울의 차이를 설명해내는 것. 그래서 나는 항상 그 단어들에게 진다.

단어들에 질 때면, 나는 걷는다. 자주 걷고 오래 걷는다. 하루에 이만 보를 걷는 내가 하루 동안 얼마나 지고 있는 것인지 위로하면서, 다시 걷기. 그리고 부사를 생각하는 것. 그럼에도. 도무지. 도대체. 그러므로. 그래서 나는 다시 쓴다.

2

'이럴 땐 이렇게 하라고 가르쳐주는 사람이 있으면 좋겠다.'

자다가도 문득, 몸을 일으키다가도 문득, 내일과 모레를 고르다가도 문득. 배움과 달리 정답을 알려주는 사람. 그런 것은 없다고 생각하면서도 다시 문득. 신춘문예 당선 이후 나는 이 문장이 더 절실해졌고 더 확실해졌다. 애초에 그런 건 없다는 것. 정답 같은 것은 없다. 정답마저도 누군가 이름을 지어 붙여놓은 것일 뿐, 아무것도 없다.

글을 쓴다는 것은 아무것도 없음과 싸우는 일인데.

나는 자주 아무것도 아니라는 생각이 들다가 어쩌면, 아무것이든 상관없다는 생각이 들다가 내가 쓰고 있는 글 또한 아무것도 아니라는 생각과 아무것이든 상관없다의 반복. 그렇기에 아무것도 없음과 싸우는 일은 아무것이든 상관없음과 싸우는 일과 다를 바가 없지만, 확언할 수 있는 것은 글을 쓰는 일이란 어쨌든 싸우는 일. 승패는 나의 몫이 아니다. 결국에는 '도'와 '든'의 반복.

3

  금붕어는 아버지의 팔 너비만 한 어항에(   )
  금붕어는 아버지의 팔 너비만 한 어항에(   )

  나는 금붕어가 갇혔는지, 살았는지 여전히 알 수 없다. 명명된 언어들이 가진 의미의 무서움. 하나의 문장을 쓰기 위한 선택의 무서움. 나는 평생을 이 무서움 속에서 살아야겠지만, 아무렴. 모든 문장 끝에 괄호를 넣고 도망치고 싶은 마음으로 쓸 수밖에.

  내가 기억하는 두 번째 집에서 나는 주황색 금붕어를 키웠다. 금붕어는 아버지의 팔 너비만 한 어항에(   ). 어항의 물을 갈아주는 일은 누군가에게는 일종의 놀이였고, 누군가에게는 일종의 노동이었다. 금붕어의 이름을 지어주지 않았다. 어쩌면 금붕어라는 이름만으로 금붕어는 이름을 가진 것일지도 모르지만.
  금붕어를 처음 만진 순간은 금붕어가 죽었을 때였는데,

         신보라

어항 속을 유영하던 금붕어를 보면서 어류의 미끈함을 상상하는 게 전부였던 나는 금붕어가 이렇게나 단단한지 몰랐지.

금붕어를 변기통에 넣어 레버를 눌렀을 때 금붕어는 빙글빙글 돌았다. 그런 순간이 있다. 밥을 내어주던 작은 짐승에게 깨물리듯 존재를 깨닫는 순간. 모든 물길을 따라 금붕어가 빙글빙글. 금붕어는 단단하니까 어느 곳이든 죽지 않을 것 같았다. 단단한 것은 튼튼한 것과 달라서 부서지지 않을 것 같았다.

빙글빙글은 영원하다. 금붕어는 변기통과 어항과 내 머리통 속을 온종일 빙글빙글. 내가 스무 살을 한참 넘었을 때도 금붕어는 빙글빙글댔고, 그 금붕어는 학부 때 쓰던 글에 자주 등장했다. 나의 글 속 금붕어는 아버지의 팔뚝만 한 어항이 아니라 사람 머리통만 한, 마치 요강 같은 그런 곳에 (   ). 금붕어는 화자가 키우던 개에게 잡아먹혔고, 그날처럼 변기통 속으로도 버려졌으며, 매일 같은 시간, 같은 횡단보도를 뛰어가던 남자의 손안에도 담겨 있으면서 그렇게 부단히도 글 속에 나왔다. 금붕어의 빙글빙글을 들은 선생님이 말했다. "그것이 진짜 너의 이야기가 아닐까."

'나의 이야기'라는 말을 이해하기 위해 '이야기'의 사전적 의미를 검색하다가 '이야기'란 어찌 됐든 나 혼자가 아닌, 타인을 통해 의미가 생기는 것이며, 그럼 '나의 이야기'를 나 혼자 쓰고 있다는 것은 정말 희한한 일이라고 생각하다가 결국엔 그냥 '나'를 떠올린다. '나의 이야기'에 '나'만 등장할 수는 없으니까, 이야기란 항상 달라지기 마련이다. 금붕어가 나온 모든 글은 완성하지 못했다.

나의 이야기를 쓰면서 나 '들'의 이야기가 생기길 바라는 것. 그 이야기들은 '도'와 '든' 사이를 영원히 반복하며 빙글빙글거리는 것. 끝까지 완성하지 못할 것. 충분히 부끄러울 것.

누군가 읽거나, 누구도 읽지 않거나. 그러므로, 나쁘지는 않을 것 같다.

신보라

하지의 무능한 탐정들

2024년 2월 29일 1판 1쇄

지은이	김혜빈 김사사 공현진 하가람 신보라
편집	김태희 장슬기 윤설희 최경후 이여름
디자인	김효진
제작	박흥기
마케팅	이병규 이민정 강효원
홍보	조민희
인쇄	천일문화사
제책	J&D바인텍

펴낸이	강맑실
펴낸곳	(주)사계절출판사
등록	제406-2003-034호
주소	(우)10881 경기도 파주시 회동길 252
전화	031)955-8588, 8558
전송	마케팅부 031)955-8595, 편집부 031)955-8596
홈페이지	www.sakyejul.net
전자우편	literature@sakyejul.com
블로그	blog.naver.com/skjmail
트위터	twitter.com/sakyejul
인스타그램	instagram.com/sakyejul

© 김혜빈 김사사 공현진 하가람 신보라 2024

ISBN 979-11-6981-180-4 03810